JN043508
綿苗結花（学校）
【わたなえ・ゆうか】
クラスの物静かで、地味なメガネ女子……なのだけど、本当は？
「……佐方くん。じろじろ見ないで」
（→めちゃめちゃ話したいんだけど、学校では関係を隠している）
【朗報】
俺の許嫁になった地味子、家では可愛いしかない。

綿苗結花（家）
結花の家での姿。
饒舌で、オタク趣味。
信頼できる遊一の前では、
表情豊か
佐方遊一
［さかた・ゆういち］
2次元にしか興味の
なかった高校2年生。
結花と突然結婚する
ことになり……!?

和泉ゆうな［いずみ・ゆうな］
（結花 お仕事ver.）
アイドルコンテンツ「アリステ」で、
遊一の推しヒロインを務める声優。
結花のもう一つの姿
佐方那由［さかた・なゆ］
遊一の妹で中学2年生。
普段は父親と共に海外暮らし。
たまに現れては、2人の
仲を過激に煽る……!?

「やばっ、綿苗さんと遊べるとか嬉しいっ！」
二原桃乃
［にはら・ももの］
遊一、結花の同級生の陽キャ女子。
誰とでも気軽に話すことができ、
遊一にいつも絡む

「……怪しまれるでしょ、
こんな無理やりだと」
「……私も遊くんと、
一緒に遊びたいし。
みんなだけ遊くんと遊ぶのは、
なんか**ずるいじゃんよ**」

「私の方は……覚悟、してたんだけどな」
「覚悟……って？」

「女の子に、
そういうの聞かないの……ばか」

「いまは家だから」
「ここからは、私と遊くんだけの秘密」

【朗報】俺の許嫁になった地味子、家では可愛いしかない。

氷高 悠

ファンタジア文庫

3057

口絵・本文イラスト　たん旦

c o n t e n t s

第1話　【速報】高二の俺、親に結婚させられそう……

「……はい？　結婚？　俺が？」

『うん。おめでとう。明日から兄さん、既婚者だってさ』


妹があっさりした口調で、俺が結婚するって俺に言ってる。

意味が分からないので、聞き返してみた。

「那由……誰と誰が、明日から結婚するって？」

『しつこいな。兄さんと、見ず知らずの女の子だし』

「んーと、確認だけど。兄さんって、誰？」

『はぁ？　佐方遊一。高校二年生。なんもパッとしない、あたしの兄さんだけど？　何か？　けっ』

なんだよ「けっ」って。

悪態吐きたいのは、こっちの方だわ。

佐方遊一。それは確かに、俺の名前だ。

那由の言うとおり、特に目立ったところもない高校生。

茶髪にしたりとか、制服の下に赤いTシャツを着たりとか、そういう高校デビューっぽいことは一切なし。

ぼさっとした黒髪で、中肉中背。

学校指定のブレザーは着崩さないタイプ。成績はまぁまぁ。運動はあんまり。

そんな俺が、明日から結婚？

しかも、見ず知らずの女子と？

「当人が直前まで聞いてない。相手も知らない。そもそも、まだ結婚できる年齢ですらない。なんの冗談だよ、その話？」

『あたしに言うなし。文句あんなら、父さんに言ってよ。替わるから』

吐き捨てるようなセリフと、ガチャガチャ耳障り（みみざわ）なノイズが、同時に聞こえる。

『やぁ、我が息子。パパだよ！』

えらくご機嫌なテンションで、親父（おやじ）が喋（しゃべ）り出した。

仕事の都合で去年から、親父は海外に赴任している。

まだ中学生な那由は、親父と一緒に海外で生活中。

一方の俺は、日本に残って一人暮らしをはじめて、そろそろ一年が経（た）つ。

「その意味分からん結婚とやら、本気で言ってんの？」

俺が低い声で言うと、親父はこほんと咳払いした。

『父さんはな、大事な時期なんだよ。海外の新しい支所の重要なポジションを任されて、このまま出世ルートを歩むか、失墜して窓際に追いやられるか』

「うん。それで？」

『そんな中、父さんは得意先のお偉いさんと親しくなった。先方の娘さんは、高校から上京して一人暮らしをしているそうでな。男親としては、防犯とか悪い虫とか、色んな心配があるらしい』

「……なんとなく先が読めた。そのお偉いさんの娘が、俺の結婚相手なわけか」

『お前の結婚に、佐方家の命運が懸かってるといっても過言ではない』

なんて勝手な理屈なんだ。

俺は小さくため息を吐き、電話口の向こうにぼやく。

「あのさ、親父……母さんと離婚してボロボロになった親父を見て、俺が結婚に夢を持てなくなったの、知ってるよな？」

『あと中三のとき、黒歴史を刻んだしね』

「そうそう……って、やかましいな那由！　つーか親父はどうした⁉」

『自分の部屋に逃げた』

「ふざけんなよ、もう……那由からも説得してくれよ、本当に」

『知らないし。とにかく明日、あたしが仲介に行くから。じゃあね、けっ』

うわっ、一方的に切られた！

なんであいつが不機嫌なんだよ。理不尽だな。

っていうか、本気で言ってんの？　結婚？　俺が？

勘弁してくれよ……人生の墓場になんか、絶対行きたくないのに。

◆

不穏な電話を受けた翌日。

俺は心ここにあらずな状態で、始業式を終えた。

「なんでそんな暗い顔してんだよ、遊一！」

ボーッと席に座ってたら、バシンッと背中を思いきり叩かれた。

「なんでお前はそんなテンション高いんだよ、マサ」

「だってぇ、五年連続でぇ、遊一くんとぉ、同じクラスになれたんだもんっ！」

「やめろ、マジで気持ち悪い」

「んだよ、ノリ悪ぃな。目を閉じて、美少女に言われた想像してろよ」

「声が野太い。却下」

　こいつは中学校時代からの友人・倉井雅春（くらいまさはる）。

　ツンツン頭に黒縁眼鏡。

　年中ヘラヘラしてるもんだから、とにかく女子が寄ってこない。

　だからこそ、俺はこいつと一緒にいる時間が心地良いんだけどな。

　三次元女子と関わるのは、やっぱ怖いし。

「にしても、五年連続だぜ？　中学三年間に加えて、高校でも二年目！　とんでもない腐れ縁じゃね？　はぁぁぁぁ美少女だったらフラグ立ってたのになぁぁぁ……」

「クラスが一緒なだけじゃ、フラグは無理だろ」

「……夢を壊すな。まぁ確かにその理屈だと、俺は二原（にはら）と付き合ってるはずだもんな。中三からずっと同じクラスだし」

　そう言ってマサが指差す先には、ケラケラ笑ってる二原桃乃（ももの）がいた。

　二原さんもこのクラスか。

ふわふわの茶髪を揺らす、ギャルっぽい見た目の彼女に――俺はため息が出る。
二原さんは何が楽しいのか、やたら俺に絡んでくるから、正直苦手だ。
俺は三次元女子と、できるだけ距離を置きたいのに。
「……ん？」
ぼんやりとそんなことを考えていると。
視界の隅に、眼鏡の冴えない少女の姿が映った。
ついさっき、自己紹介の時間があったにもかかわらず。
顔を見た覚えもない。名前すら分からない。
ポニーテールに結った黒髪。
細いフレームの眼鏡から覗くのは、少しつり目がちな瞳。
着席してるからはっきりとは分からないけど、細身で小柄そうな体格。
たとえるなら――空気のような存在だった。
良い意味でも悪い意味でもなく、純粋に記憶に残らなそうな。
同窓会とかやっても、連絡することすら忘れられそうな。
そんな彼女の姿を見て、俺は思わず呟いた。
「……いいなぁ」

それはまさに、俺が望む青春を体現した姿だった。
誰かから、必要以上に話し掛けられることもなく。
空気のようにみんなをすり抜けて。
平和な毎日を過ごしていくんだ。
できるなら俺も……そんな静かな学生生活を送りたい。

◆

中三の頃を思い出す。
当時の俺は痛々しいくらい、陽キャ……のつもりで生きていた。
マンガやアニメが好きなオタクだったけど。
男子同士でムカつく先生をネタにしてたし、女子とだって気軽に話してた。
オタクだけど、男女問わず広く友達がいる。
――そう自己評価して、俺は『イケてる』『クラスの人気者』だと錯覚していた。
オタクで陽キャ。そんな選ばれた存在だと、調子に乗っていた。

「遊一ー。明日、買い物付き合ってよー」

「えー、やだよ。女子の買い物って、どうせ長いだろ?」

「けちだなぁ。こーんな可愛い女の子が、頼んでるっていうのに?」

そんな軽口を女友達と叩き合ってた、遠い日の放課後。

誰もいない教室で、夕陽に照らされた彼女の横顔を見て。

俺はふっと――呟いた。

「なぁ。俺たち……付き合わないか?」

驚いたように、彼女はこっちを振り向いた。

そして、もじもじしながら俯いて。前髪を指先でくるくる弄って。

その可愛い声で、答えたんだ。

「えっと……ごめんね。それは、できないんだ」

フラれるなんて、そのときは思ってもいなかった。

フラグを着々と立てて、相手も同じ気持ちに違いないって、確信してたんだ。

だけど――現実は違った。

その上、なぜか俺が告白して玉砕したことは、翌日にはクラス中に知れ渡っていて。

いじられた。
からかわれた。
そうして俺は、思い知ったんだ。
自分は陽キャなんかじゃなく、ただの……痛い奴だったんだって。

◆

あー……帰りたくないな。
俺はうな垂れながら、とぼとぼ校舎を後にした。
今日は半日授業だったから、まだ太陽が燦々と輝いている。
みんなはまだ、教室で楽しく盛り上がってるんだろうな。
それか、ファミレスにでも移動してるかも。
まぁ……自分とは縁遠い世界の話だけど。
そうしてため息を吐きながら。
俺はポケットから、ひとつのキーホルダーを取り出した。

――――ゆうなちゃん。

その無邪気な笑顔に、思わず頬が緩む。

茶色いツインテールに、きゅるんとした口元。

世界が平和になった気がする。

景気が回復した気がする。

やっぱ、ゆうなちゃん……神だわ。

「どうせなら、ゆうなちゃんと結婚したかった……」

冗談じゃなく、本気でそう思う。

『ラブアイドルドリーム！　アリスステージ☆』

このソシャゲがリリースされたのは、ちょうど俺が中三の冬だった。

百人近い『アリスアイドル』と呼ばれるキャラには、フルボイス実装。

イベントも目白押し。

定期的な人気投票で、上位キャラにはスペシャルエピソードが追加される。

ちなみに『アリスアイドル』と声優名は、全員同じになってるのが特徴。

ゆうな　CV：和泉（いずみ）ゆうな　　らんむ　CV：紫ノ宮（しのみや）らんむ　　……みたいな感じ。

これには新人声優を売り出したいって制作側の意図があるみたいで、声優が交代でパーソナリティを務めるネットラジオもはじまった。

そんな大企業ソシャゲにドはまりしたのは……手痛い失恋から登校を拒否して、数日間引きこもっていたときのこと。


『ゆうながずーっと、そばにいるよ！　だーかーら……一緒に笑お？』


ガチャを引いた瞬間、俺は彼女に心を奪われた。

その声に、その表情に、その雰囲気に、そのすべてに。

あのとき、ゆうなちゃんに出逢(であ)ってなかったら、俺の引きこもりは一週間じゃ済まなかっただろう。

……正直あの事件以来、俺は三次元女子との恋愛が怖い。

だって、どんなに俺が相手を好きだったとしても、相手の気持ちはゲームのように分からないから。

傷つくかもしれない。反対に、傷つけるかもしれない。

そんな思いをするくらいなら、俺は一生——ゆうなちゃんだけを見ていたい。

二次元は、裏切らない。

そりゃあ現実世界で付き合うなんてできないけど……傷ついたり、傷つけたりするくらいなら。俺は画面の向こうの彼女を、全力で想い続けていたい。

だから俺は——ゆうなちゃんとの結婚を、想像する。

白いウェディングドレスを纏ったゆうなちゃん。
もともと大きな胸は、コルセットでウエストを絞ってるおかげで、驚くほど目立つ。
そして、トレードマークの茶色いツインテールを翻し。
ぱっちりした瞳を潤ませて。
猫みたいにきゅるんとした口を、ゆっくりと近づけてきて——。
「……ん?」
完全に妄想トリップしてた俺は、ふっと我に返った。
なぜなら、目の前でつま先立ちしてる、奇妙な女子がいたから。
あれは……教室で見掛けた『空気』の子だ。
街路樹目掛けて、ぷるぷる震える腕を伸ばして。

一体、何をそんな一生懸命になってんだろう？

「……ああ、あれか」

街路樹の枝先には、ピンク色の封筒が引っ掛かってる。

風にでも煽られたのかな。それを必死に取ろうとしているらしい。

あの『空気』な佇まいの彼女を、何がそこまで駆り立てるんだか分かんないけど……。

「はい」

彼女のそばに寄ると、俺はひょいと枝先から封筒を取った。

「え？」

突然出てきた俺に驚いたのか、彼女はずざざっと後ずさる。

俺より頭ふたつ分くらい小さな背の彼女。

「困ってたんでしょ？　ほら、俺の方が背が高いし」

「え。あ、えっと……」

あまり深く関わりたくない俺は、ぶっきらぼうに封筒を渡す。

「――ありがとう」

そんな俺を見ながら、彼女は瞳を細めた。

「これ……とっても、大事なものなんです」


花が咲くような、屈託のない笑顔。

透き通るような、綺麗な声。

それはまるで、ゲームのワンシーンのよう。

「あ。い、いや。そ、それは……うん」

思わず見惚れてしまってた自分に気付いて、俺は慌てて頭を振った。

「じゃ、じゃあ……俺、急ぐから」

急いでゆうなちゃんの顔を思い浮かべた。彼女の笑顔を打ち消すために。

だって相手は三次元。

俺は二次元にしか興味を持たないって、もう決めてるんだから。

そして俺は、足早に――その場を立ち去ったんだ。

◆

――足早に立ち去った、はずだったんだけど。

「……えっと」

「あ、あれ……？」

我が家の前で振り返っても、なぜか未だに彼女の姿がある。

ポニーテールを風になびかせて。

それでも封筒だけは、大切そうにギュッと握って。

彼女は不安そうに、小首をかしげて呟く。

「ど、どうして、あなたがここに……？」

「いやいや。ここ、俺の家だし」

そうして、なんとも言えない空気で見つめ合っていると。

ガチャッと、我が家の玄関が開いた。

「兄さん。うっさい」

ふわっとした黒髪のショートヘア。前髪から覗く目元は鋭い。

Tシャツの上にジージャン。

ショートパンツから伸びた素足は、すらっと白くて長い。

これっぽっちも女子っぽい肉付きじゃないし、顔つきも中性的だから、よく『美少年』と間違えられるけど。

　こいつは佐方那由——中学二年生になる、俺の妹だ。

「遅いんだけど。待ちくたびれた」

「しょうがないだろ。学校帰りなんだから」

「うっさい」

　ポケットに手を突っ込んだまま、那由はギロッと俺を睨(にら)んでくる。

　そして、大きなため息を吐いて。

「どうせ、またあのキャラの妄想でしょ。ほんと、むり」

「無理ってなんだよ!?　ゆうなちゃんはなぁ、人類の夢なんだよ！」

「ソシャゲができなくなるのが困るって理由で、自分だけ日本に残ったしね」

「ああ。当然の義務だからな」

「兄さんが社会的に駄目だから、父さんも余計なことすんだよ。それで迷惑すんのは、妹のあたし。マジないわ」

「あ、あの！」

　そんな俺たちの横で、『空気』なあの子が声を上げた。

「えっと……ゆうなって。『和泉ゆうな』が演じてる『アリステ』のゆうな、ですか？」

「知ってるの!?」

「あ、えっと……ゆうなのこと、好きなんですか？」

「はい、大好きです」

食い気味に答える。那由が舌打ちする。

そして彼女は――恥ずかしそうに笑った。

「そうなんですね……ありがとうございます」

「ありがとう？」

「あ、はい。私、『和泉ゆうな』なんで」

はい？

何を言ってるんだ、この子は。

「あ……そっか。同姓同名的な？　まぁ、いない名前じゃなさそうだし……」

「あ、いえ。本名は、綿苗結花で……」

「綿苗結花？」

今度は那由が、怪訝な顔をした。

そして「けっ」と吐き捨てると。

「ああ……そう。兄さん、結婚おめでとう。じゃ、あたし帰るわ」

「は!?　待て待て！　お前、親父が決めた結婚相手と引き合わせるんだろ!?」

「いや、もう会ってるし」

「……え？」

俺はふっと、顔を上げた。

目の前には、綿苗結花と名乗った、ポニーテールに眼鏡のクラスメート。

――――え？　ってことは？

「綿苗結花ちゃん。この人が、父さんの得意先の娘さん……兄さんの、結婚相手だよ」

「は、初めまして。綿苗結花です。えっと……まずは、応援ありがとうございます」

動揺のおさまらない俺に向かって。

彼女は……とんでもないことを、口にした。

「一応、ですね。声優『和泉ゆうな』として――『アリステ』のゆうな、やってます」

――――どうせなら、ゆうなちゃんと結婚したい。

確かにそう、願ったけどさ。

中の人は違う。そういう趣味の人はいるかもだけど、俺は違うんだ。

だって、中の人は――三次元女子だから。

第2話　【誰？】俺の結婚相手、二次元じゃない

ダイニングテーブルの椅子に腰掛けて。

綿苗さんは所在なさげに、脚をそわそわ動かしてる。

一方の那由は、その隣にどっかりと偉そうに座っていやがる。

なんなんだ、この状況……。

「え、えっと……綿苗さん。取りあえず、お茶……いる？」

「あ、ありがとうです……」

「あ、兄さん。冷たいのにして」

那由のオーダーどおり、三人分の麦茶を用意する俺。

そして再び、俺は綿苗さんの正面に座った。

麦茶を飲みながら、ちらっと彼女の顔を見る。

こうして見ると、鼻筋は通ってるし、ぱっちり大きな目をしてるし。

整った顔立ちなんだよなぁ。

眼鏡を掛けてるせいで、パッと見じゃ分かんなかったけど。

そんな俺の視線に気付いたのか、綿苗さんは頬を赤くして俯いた。

「あ……ご、ごめん……」

「い、いえ……こちらこそ、すみません」

「けっ。どーも、初々しいこって」

「やかましいな、お前は。毒づいてないで、手助けしろって」

「やだよ、めんどい」

何しに来たんだ、お前は。

仕方ないので、俺の方から話を振る。

「えっと。綿苗さんも、事情は聞いて……？」

「は、はい……私のお父さんが、取引先の人と仲良くなって……お互いの子どもを結婚させる約束をしたって……」

何回聞いても理不尽だな。

光の速さで明日にダッシュしてやがる。

「結花ちゃんは、高一の頃から上京してんだって？」

那由がだるそうな顔で尋ねる。

「あ、はい。地元は関東じゃなくって……高校から、一人暮らしです」

「そ。ちな、兄さんも一人暮らし」

「ああ。うちの親父が海外赴任中で、こいつも向こうに……」

「とりま、こっちに越してくるでいい？　結花ちゃん」

「待て待て」

いきなり話をまとめはじめた那由を、俺は制する。

「なんでお前、勝手に引っ越し決めようとしてるの？」

「は？　だって、こっちの方が家広いっしょ？　結婚するなら、同棲だし。何か？」

「電話でも言ったろ？　俺も相手も高校生。法律的に結婚はできないの」

「事実婚ってやつっしょ。両家の親も了解してるし」

「外堀は埋まってても、本丸同士が納得してないんだけど」

「それは父さんに言えし。あたしは知らん」

那由が露骨に不快な顔をする。

まぁ確かに、那由が決めたわけじゃないし、言っても仕方ないんだけど。

「あのさぁ……那由」

それでも言わずにいられなくって、俺はぽつりと呟く。

「俺がさ。もう三次元と恋愛しないって決めたの、知ってるだろ？」

「父さんが離婚して、結婚に夢が持てなくなった。中三でフラれてから、二次元にしか興味がなくなった。耳にタコができるほど聞いたし」

親父が母さんと別れて、もう死ぬんじゃないかってくらい落ち込んでる姿を見て、結婚の末路は地獄なんだって知った。

そして中三のあの事件をきっかけに、傷つくことも傷つけることもない、二次元しか愛さないって決めた。

それが俺——佐方遊一だ。

「はぁ……あのキャラには、『結婚したい』とか『幸せにしたい』とか言ってるくせに」

「那由。あのキャラじゃなくって、ゆうなちゃんだ。きちんと名前で呼べ」

「うわ……ツッコむの、そこ？」

ドン引いた顔で俺を見て、那由はふぅとため息を吐いた。

「ま。平面も組み合わせれば、立体になるし。二次元がなんか合体したものと思えば、結婚にも慣れるんじゃゃん？　知らんけど」

「何その、謎理論。まったく意味が分かんないけど」

「兄さんも、大体いつもイミフっしょ。まぁいいからさ。せいぜいリアル嫁を堪能しなって。けっ」

「だから、なんでキレ気味なんだよお前は⁉」

俺の質問に答えることなく。

那由はこちらに背中を向けたまま、言った。

「はい、この話は終わり。あとは若い二人で、ごゆっくり。それじゃあね兄さん……幸せに死ね」

「死ね⁉　なんだその、最大レベルの暴言！」

そうやって、有無を言わさず話を打ち切ると。

俺が止めるのも聞かず、那由はそのままさっさと家を後にした。

◆

──拝啓、那由さま。お元気でしょうか？

あなたがいなくなって一時間。部屋は静まり返ったままです。

「…………」

「…………」

俺と綿苗さんはお互い視線を逸らしつつ、椅子から立ち上がることさえできずにいた。

気まずくて気まずくて、震える……。

——とはいえ。

いつまでもこんな、膠着状態でいるわけにもいかない。

俺はこほんと咳払いをして、綿苗さんの方に視線を向けた。

頑張れ、遊一。

「なぁ、綿苗さん。俺さ……結構な陰キャなんだよ」

「……はい？」

未来へ進むための、後ろ向きな一言。

綿苗さんは首をかしげてるけど、それでもおかまいなしに俺は続ける。

「だから俺には、女子と盛り上がれる話題なんかない。おいしいスイーツの店は知らないし、タピオカとところてん一緒じゃんとか思ってるし、Ｊソウルが何代目かも知らない。アニメとマンガとゲームの話しかできない。女子受けする話題なんて……皆無なんだ」

途中からやや早口になって、自分でも引く。

でもいいよ。ドン引きでもなんでもしてくれ。

それで解散。この結婚話は終わり。

それが一番、誰も傷つかない。

はぁ……それにしても、こんな結婚を企んだ親父はマジで末代まで祟ってやりたい。

あ。でも親を末代まで祟ると、自分を祟ることになるのか。

そんな、益体もないことを考えていると。


「――――さ、最近の推しヒロインは、誰ですか？」

「…………はい？」


綿苗さんが肩を震わせながら、ギュッと目を瞑った。

思いがけない言葉に、俺は思わず間抜けな声を漏らしてしまう。

そして、脳細胞をトップギアにして、俺はそのセリフを適切に解釈した。

「……どれが48とか、どこの坂道とか、分かんないよ？」

「私だって、四十人以上いるアイドルの顔判別はできません！」

あれ？

今どきの女子が『ヒロイン』って言うから、三次元アイドルグループの話だと思ったんだけど。

動揺する俺をジト目で見て、綿苗さんは唇を尖らせる。

「だから、最近の推しヒロインですって。言ったじゃないですか、さっき。アニメとマンガとゲームの話なら、できるって」

「それを聞くことで、俺をどうするつもりなのか」

「……どうするつもりだと、思ってるんですか？」

「壺（つぼ）か絵画か、あるいはサプリメントか」

「なんで何かを売りつける前提なんですか！　私はただ、純粋に‼　あなたの趣味を聞きたいって言ってるんです‼」

「何も売りつけないの？　じゃああれか。ＳＮＳで小馬鹿にして、バズらせ……」

「あーもぉ！　どこまでこじらせた思考回路なんですか⁉」

最初こそこわごわとした口調だったけど、言い合ってるうちに段々と、綿苗さんの声のボルテージも上がってくる。

そして最終的には、深々とため息を吐いた。

「……ちなみに私は、四女派です。元気だけど闇を抱えているとか、最強の萌（も）えポイントだと思いませんか？」

「――――⁉　四……女……？」

そのフレーズを聞いて、ピンとこないオタクはいないと思う。

「ひ、ひょっとして綿苗さん……『五分割された許嫁』の話してんの⁉」

「さっきからそう言って――」

「俺は三女！　ヘッドフォン萌えなんだよ、俺」

唇を尖らせる綿苗さんの言葉を遮って、俺は叫んだ。

そんな俺を一瞬ぽかんと見てから……綿苗さんは、くすっと笑う。

「ふふ……なんですか、そのニッチな趣味は」

「だってヘッドフォンしてる女の子って、なんか萌えない？　普段は露出してる耳をあえて隠すことで、むしろ背徳感が増すっていうか」

「じゃあ、露出控えめな方が好きなんですか？」

「う……そ、それは時と場合によるかな……露出の多いキャラも、作品によっては好きだし……」

「えー？　さっきと言ってること違うー」

「そ、そういう綿苗さんには、ニッチな趣味とかないの？」

「え、わ、私は別に……」

「あ。それ、絶対あるときの反応でしょ。綿苗さん、おとなしそうな顔だけど案外……」

「な、何を想像してるんですか⁉　違います！　私のは健全なやつです‼」

「じゃあ、なんなのさ？」

「うー……説明が難しいんですけど。シャツを着るときって大体、一番上のボタンって開けとくじゃないですか。首元が苦しいから」

「確かに。ネクタイでもしない限り、開けてるね」

「そう！　じゃあネクタイもないのに、首元までボタンを締めてたら……どうです？」

「……どうって？」

「ほら、萌えるじゃないですか！　普段は露出してる鎖骨や首筋をあえて隠すことで、むしろ背徳感が増すっていうか!!」

「何その、ニッチすぎる趣味は」

「えー!?　佐方くんのヘッドフォンフェチほどじゃないです！」

「いや、さすがに首元ボタンフェチの方がやばいでしょ」

「もぉー」

ドン引いたふりをする俺に抗議するように、綿苗さんは頰を膨らませた。

ふっと目が合ったから、思わず二人で吹き出してしまう。

そして俺たちは――そのままひたすら、オタク談議に花を咲かせることになった。

◆

それから一時間は経(た)ったかな。

段々と喉がイガイガしてきたのを感じて、俺はいれ直したお茶を一気に飲み干した。

「おー。すごい飲みっぷりですね」

「いや……普段、こんなに喋(しゃべ)らないから」

普段の俺は、家で独り言しか呟(つぶや)かない。学校でも、最低限の会話ばっかりだ。

マサ以外で、俺がほぼノンストップで話し続けるなんて……。

「こんなに話が合う相手、初めてかもです」

綿苗さんがポニーテールを結び直しながら、はにかむように笑った。

無防備なその仕草に、思わずドキッとする。

「あ、そうだ。佐方くんの部屋、見たいです。どんなマンガとかあるのかなって」

「駄目」

俺は間髪入れずに、胸の前でバッテンを作った。

部屋はまずい。

趣味のトークがいくら楽しかったからって……異性をあの部屋に上げるのは。

「えー⁉　なんで、駄目なんですか？」

「人様に見せれるもんじゃないし」

「大丈夫ですよ。私だってオタクですし。男の子がそういうの好きなのは……その、理解してます。でも、お互い気まずくなるから……凝視しないようにしますね」

「なんの話してるの⁉　一応言っとくけど、十八禁な話はしてないよ⁉」

「え、そうなんですか？」

なんだと思ってんだ、俺の部屋を。

「そういうんじゃなくて……ほら。綿苗さんは、ゆうなちゃんだから」

「私は『結花』です！」

「じゃなくって！　『和泉ゆうな』ちゃんなんでしょ、綿苗さんは」

少し冷静になって考える。

そう、綿苗結花さんは――和泉ゆうなちゃん。

『アリステ』のゆうなちゃんの、声優だ。

「確かに私は、和泉ゆうな。『ゆうな』を演じてます。ゆうなのことを、世界で一番よく知ってる自信はあります。だけど、それと部屋を見せないことに、どんな関係が――」

「……世界で、一番？」

綿苗さんの発言の一部が、なんだか物凄く引っ掛かった。

「俺の方が、ゆうなちゃんのことに詳しいと思うけどな」

「え、そこに食いつくんですか？　っていうか、ゆうな本人ですよ私？　私が一番、ゆうなを知ってるし、世界一ゆうなのことが好きですし」

「俺のゆうなちゃんへの愛を、なめないでほしいね」

我ながら、変なところで意地になっていると理解はしている。

だけど、これだけは譲れない。

誰かに傷つけられない。誰かを傷つけない。

そのために、二次元だけを愛するって決めた俺にとって――ゆうなちゃんは、俺のすべてだから。

「そんなに言うんなら、俺の部屋を見せてやるよ。ゆうなちゃんにすべてを捧げた……漢の部屋を！」

その数分後。

俺は意を決して、自室のドアを開け放った。

カーテンの隙間から差し込む、オレンジ色の夕陽。

遠くから聞こえる、カラスの鳴き声。

そんな、穏やかな夕暮れの中――綿苗さんが足を踏み入れた、その部屋には。


――ゆうなちゃんのグッズが、所狭しと飾られていた。


綿苗さんが息を呑むのを、真横で感じる。

「すごい。缶バッジに、キーホルダーに……フィギュアまで」

「フィギュアは限定生産だったから。当日中に申し込んで買ったんだ」

「あ。これ、ラジオのやつ」

「そう、『アリステ』のハンドタオル！　五枚買ってある」

「あれ？　この『アリステ』のポスター……」

「…………お、おう」

「これ、神イレブンに選ばれたキャラで、発売されたポスターだ」

「いいポスターだよね！」

「んーと。ゆうなはまだ、そこまで人気ないので、こういうポスターには入れてもらえないんですよね」

「知ってる知ってる！　でもそんなところも好きだけどね‼」

「けど、ここ……ゆうな、いますよね？」

「……………お、おう」

核心を突いたその言葉に、俺はうな垂れるしかなかった。

「俺にとって、ゆうなちゃんは唯一無二だから。それで、ネットで拾った画像を印刷して、うまいこと加工して……」

「よく作りましたね……違和感ないくらい紛れてるから、びっくりしました……」

うん、我ながらやばい人だと自覚はしてる。

ゆうなちゃんのためだから、後悔はしてないけど。

そんな俺を一瞥して、綿苗さんはため息を吐いた。

そして――――。

「ゆうながずーっと、そばにいるよ！　だーかーら……一緒に笑お？」

「―――え⁉」

俺は身を震わせながら、綿苗さんを見る。

「い、今っ！　ゆうなちゃんの声が聞こえた⁉」

「だから、ゆうなの声は私なんですってば！」

眼鏡をくいっと持ち上げて、綿苗さんは少しだけ得意げに言った。

「いいセリフですよね。ゆうなにとって最初のセリフで……私が一番好きなセリフです」

「……俺も。どんなゆうなちゃんも好きだけど。そのセリフ、本当に大好きなんだ。どんなに辛くたって、どんなに落ち込んだって……立ち上がる勇気をくれるから」

絶望に打ちひしがれて、部屋にこもっていたあの日。

俺を奮い立たせてくれた――本当に本当に、大切な言葉。

そんな俺を見て、綿苗さんはふっと笑った。

「ファンだって言ってくれたから、ちょっとだけサービスでした。そろそろ、おいとましなきゃ……ですし」

少しずつ、綿苗さんの表情が曇っていく。

俺はその顔を見て――ああ、と察した。

「そうだね。親同士の決めた結婚とか……今どきね」

「うん。佐方くんと喋るのは、楽しかったけど……」

「それは俺もだけど。でも、やっぱ……結婚はね」

確かに彼女は、ゆうなちゃんに世界で一番近い存在だけど。

ゆうなちゃんじゃなくって、あくまでも綿苗結花さん。

中の人は、二次元キャラじゃなくって――三次元の人間だ。

親同士の離婚のおかげで、結婚に夢が持てなくなって。

痛々しい過去の出来事から、攻略本のない三次元との恋愛を恐れてる俺には。

彼女との結婚なんて――無理なんだ。

綿苗さんは、とてもいい人だ。話してて、そう思った。

だからこそ彼女には、もっといい人を見つけて……幸せになってほしい。

「これで最後だけど。ゆうなちゃんを生んでくれて、ありがとう。君は本当に――俺の命の恩人だよ」

「そんな……大げさすぎません？」

「大げさなんかじゃないよ。心から愛する、ゆうなちゃん。毎日何回も写真を見て元気をもらってるし、ファンレターだっていくら送ったか分かんないくらいだよ」

言いながら、思わず苦笑いしてしまう。

中の人的には、こんなこと言われても気持ち悪いだけか。

こうして、何気ない言葉で傷つけちゃうかもしれないから――三次元女子とのやり取りは、怖いんだ。

「……ファンレターって、とっても嬉しいんですよ？」

そんな俺の恐れとは裏腹に、綿苗さんは遠い目をしながら、ポーチの中に手を入れる。

取り出されたのは、さっき俺が木の枝先から取ったピンク色の封筒。

それに視線を落として、綿苗さんはくしゃっと微笑んだ。

「さっき拾ってもらったこれ――ゆうなの一番のファンの人からもらった、大事なお手紙なんです。その人は、何回も何回もファンレターを送ってくれて。おかげで私は、たくさん笑顔になれたんです」

「そっか……それであんな、一生懸命になってたのか」

このネット全盛期。

大半の人が、メール送信で済ませるところを、敢えて手紙を送り続けるなんて……古風な人だな。

誰だか知らないけど、俺と気が合いそうだ。

「ちなみに佐方くん。ペンネームはなんていうんですか？」

綿苗さんが、キラキラとした眼差しで俺を見てくる。

「ファンレターって、きっとメールですよね？　メールでも、たくさん送ってくれてる人の名前は、ちゃんと覚えてます！　だって、みんな大事な大事なファンの方ですから‼」

「あ。い、いや……メールじゃないんだけどね」

テンションの高い綿苗さんに気圧されて、俺はおそるおそるペンネームを口にした。

「ペンネームは、『恋する死神』。メールだとなんか気持ちがこもらない気がして、いつも手紙なんだけ——」

「『恋する死神』さん⁉」

綿苗さんが、大きな目をさらに大きく丸くする。

その拍子に、ピンク色の封筒が、ひらりと落ちた。

そこに書かれている、送り主の名前は。

——『恋する死神』。

紛れもない……俺だった。

第3話 【驚愕(きょうがく)】親の決めた結婚相手、なぜか知ってる関係だった

「佐方(さかた)くんが……『恋する死神』さん？　えっ、えっ⁉」

綿苗(わたなえ)さんが、ふらふらと後ずさる。

大げさな彼女の反応に、俺は「やっちまった……」と頭を抱える。

勢いで言っちゃったけど……『恋する死神』だなんて名乗るんじゃなかった。

自慢じゃないけど、相当な量のファンレターを送ってるからな。

大手掲示板だったら、「気持ち悪すぎて草」「恋するｗｗｗ死神ｗｗｗｗ」「ガチ通報案件」とか――めちゃくちゃ叩(たた)かれてもおかしくないレベル。

そんな俺の前で、綿苗さんがアゴに手を当てて、黙り込んでる。

ときおり聞こえてくる「うーん……」なんて声に、内心ビクビクする俺。

そして、おもむろに――綿苗さんはぺこりとおじぎした。

「ふつつか者ではありますが……『和泉(いずみ)ゆうな』こと綿苗結花(ゆうか)は、今日からお嫁さん頑張ります。なのでどうか、よろしくお願いしますっ‼」

「……はい？」

予期しなかった展開に、俺の脳は一瞬フリーズする。

「うーん。でも、なんか足りないですよね。何がいけないのかな……ああ、敬語！　敬語だから、なんか変なのかも‼」

「あ、うん……同級生だし、敬語じゃなくていいけど」

「はい、じゃあため口！　夫婦だし、同い年だから、敬語じゃよそよそしいもんね‼」

「え、えっと……綿苗さん？」

「あー呼び方‼　そうだなぁ……」

間を置かないテンポで、綿苗さんが捲し立てる。

「私のことは『結花』で！　夫婦なのに苗字呼びって、なんか変だもんねっ‼」

「あ、あの」

「それじゃあ、私も佐方くんのこと、『遊くん』って呼ぶね！　あとは夫婦らしくするには、何が――」

「あ、あの！」

ちょっとだけ大きな声を出して、ノンストップな綿苗さんを遮った。

すると、綿苗さんは一瞬だけ目を丸くして――しゅんと、借りてきた猫のようにおとなしくなって、ソファに座った。

「ごめん……完全に喋りすぎだよね」

「いや、別にそれはいいんだけどね？　テンションがすごかったから……」

「私、昔っから凄まじいコミュ障だから。なんか話さなきゃ！　って思うと、なんか喋りすぎて空回っちゃうんだよね……」

そうしてしょぼくれる綿苗さんに、俺はちょっとだけ――ドキドキした。

だって、捲し立ててくる綿苗さん……ゆうなちゃんみたいだったから。

元気いっぱいで天然な、中学生アリスアイドル・ゆうなちゃん。

明るくハイテンションに絡んできたり。

ときどき、ちょっと小悪魔ちっくにからかってきたり。

だけど、からかい返すとめちゃくちゃ照れたり。

まるで万華鏡みたいに、ころころ表情の変わるゆうなちゃんが――俺は大好きなんだ。

「喋りすぎたよね、完全に。あちゃーだよぉ……」

そんな妄想をしてる俺のそばで、綿苗さんはがっくしと肩を落とす。

「学校の印象とは、だいぶ違うね」

「学校では逆に、そうならないよう極力黙ってるもん。喋りすぎて変な子って思われるのも嫌だし。最低限は頑張って話すけど、そんな感じで過ごしてるから、みんなもあんまり話し掛けてこないっていうか」

「あー……すっごい分かる」

誰かから、必要以上に話し掛けられることもなく。

空気のようにみんなをすり抜けて。

平和な毎日を過ごす。

それが学校での、綿苗結花さん。

「それで、佐方く……ううん、遊くん」

大きく深呼吸して、綿苗さんはにっこりと笑った。

「結婚させてもらって――いいですか？」

「駄目です」

申し訳ないとは思いつつも、俺は間髪入れずにお断りを表明した。

「ええ!?　なんで！」

それが不満だったのか、綿苗さんは抗議の声を上げる。

「私は、和泉ゆうな。ゆうなの唯一無二の演じ手。親が決めた結婚相手が、偶然にも推しキャラの中の人だなんて――こんなチャンス、滅多にないよ！　っていうか、私しかありえないじゃんよ‼」

「うん。でも……中の人は、『人』だから」

俺はぼそっと呟いた。

「俺は確かに、世界一ゆうなちゃんが好きだ。そして君は、彼女のたった一人の声の主――和泉ゆうな。だけど、だからって、二人をイコールにするのは……違うと思うんだ」

そして俺は、自嘲するように笑った。

「気持ちは嬉しいんだ、本当に。女子から告白されるなんて、人生初だし。だけど、俺は――もう三次元女子と恋愛なんてしないって、決めたんだ。だって、現実の恋愛は、傷つくものだから。傷つける……ものだから」

綿苗さんの表情が、見る見る曇っていく。

その姿がなんだか――あのときの俺と、ダブって見えて。

ああ。これだ。

感情を曝け出しあえば、お互い傷つけ合うこともある。

それが三次元の恋愛で――俺はそれが、怖いんだ。

「……本当に、ごめん。君に悪いところなんて、なんにもない。ただ俺が、臆病なだけ……なんだ。だから――」

「――私も最初は、こんな結婚、絶対に断ってやるって思ってたよ」

そのとき、ふっと。

綿苗さんの表情が、和らいだ。

そして、ファンレターの差出人名――『恋する死神』の文字を、指でなぞる。

「私ね。ずっと『恋する死神』さんのことを、大切に思ってたの」

中二病全開なその名前を、綿苗さんが愛おしそうに呼ぶ。

「私が、ゆうなに声を当てるようになって。全然下手っぴで、失敗続きだったあのときも。偉い人に怒られて、家で泣いてたときも。『恋する死神』さんは――いつだっていっぱい、ファンレターを送ってくれたんだ」

「気持ち悪いくらいにね」

「気持ち悪くなんか、ないよ。『恋する死神』さんは、絶対に私を傷つけるようなことは言わないもん。いつだって私のことを応援してくれて、背中を押してくれて。『ああ、私を見ててくれる人がいるんだ』って思えることが……どれだけ私を支えてくれてたか」

そんな綿苗さんの表情は、穏やかで、優しくて、無邪気で。

まるで――ゆうなちゃんみたいだった。

「そんな私の心の支えが、まさか目の前に現れるなんて――思ってなかった。しかもその人は、私が『ゆうな』だから優しいとかじゃなくって。話したこともないクラスメートが道端で困ってたら、当たり前みたいな顔で、助けてくれるの」

「いや、あれくらいは当然だし……」

「ううん。優しいよ、遊くんは。私が想像してた『恋する死神』さん、そのもの。だから私……気持ちが変わったんだ。最初はお父さんが決めた、嫌な結婚だって思ってたけど。今はこう思うの」


――この出逢(であ)いは、運命かもって。


綿苗さんの薄紅色の唇から零(こぼ)れた、その言葉は。

俺の耳を通過して、頭をぐわんと震わせた。

何も言えないままでいる俺を見て、綿苗さんはくすっと笑う。

そして、頬を桃色に染めて。

「どうか、よろしくお願いします。私、お嫁さんとして一生懸命、頑張るから」

「さっきも言っただろ。三次元女子とはもう、恋愛なんてしないんだって」

「うん。だから、私なんだって！」

「…………はい？」

何を言ってるんだ、この子は。

頭に疑問符ばかりが浮かぶ俺に向かって、綿苗さんは冗談だか本気だか分からないテンションで……言い放った。


「ほら！　だって私は――二・五次元の人だから‼」


それは、なんの解決にもならない屁理屈。

だけど、それをドヤ顔で言ってる綿苗さんに……俺は思わず、吹き出してしまった。

「そりゃ、中の人は二・五次元だけど。一緒に暮らして、一緒に学校に行ってたら、それはただの三次元でしょ」

「でも、ゆうなは二次元だよ？　一日の何割、ゆうなのことを考えてるの？　足して割ったら、二・五次元になるよ、きっと！」

「何と何を足して割ったの⁉　計算式が分かんな――」

「もぉ、細かいなぁ。とにかくっ！　他の人よりは私の方が、三次元より二次元寄りでしょって、言いたいの‼」

「なんでそんなに必死なの？　壺は買わないよ？」

「壺は売らないってば……言っとくけどね？　私だって、三次元男子と付き合いたいとか、結婚したいとか、まったく考えたことないタイプなんだからね？　だからこそ、遊くん以外と結婚する未来なんて、すっごく本気で……嫌なんだもん」

そうして、お互いに言いたいことを言い合ってるうちに。

なんだか頑なに断ってる自分が、馬鹿馬鹿しくなってきた。

「あー、なんで笑ってんのさ！　こっちが真面目に話してるのにー‼」

「分かってる、分かってるって。そっちの意見も一理あるなって……そう思っただけ」

呼吸を整えて、俺はじっと綿苗さんのことを見つめた。

そんな俺のことを、澄んだ瞳でまっすぐ見てくる綿苗さん。

「今回の件を断っても、俺の親父はあほだから。第二・第三の結婚相手を送り込んでくるかもしれない」

「……うん」

「そのとき、相手がゆうなちゃんの中の人である可能性は――限りなく低い」

「低いっていうか、ないよ！　ゼロパーセントだって！　ゆうなの中の人は、私だけ‼」

「そう。そして普通の三次元女子が来たら、俺は迷わず断る。そして親父は、また新たな刺客を送り込んでくる。迷わず断る。この繰り返しは……正直、面倒くさい」

「でしょ？　こんなチャンス、二度とないですよー？　お買い得ですよー？」

なんか売り込みはじめた。

学校のときと違って、素の彼女は割と明るくて、ちょっとおばかで……。

なんだか――ゆうなちゃんに似てるんだよな。

「まぁ、やるだけやってみて。先のことは……また考えればいいか」

「うん。まだ籍を入れられる年齢でもないし。まずは――許嫁（いいなずけ）としてスタート、ってことで！」

そう言って、はにかむように彼女が笑う。

俺もつられて、つい笑ってしまう。

「後悔しても知らないからな」

「後悔させないから、覚悟してよね」

「じゃあ……これから同棲生活、よろしくね。結花ちゃん」

「うん。ふつつか者だけど……よろしくね。遊くん」


こうして俺と結花ちゃんは、ひとまず許嫁ってことになった。

結婚は人生の墓場って言うけれど。

取りあえず死なない程度に……頑張ってみようと思う。

第4話　【悲報】俺たちの婚約、もうバレそう

「ん……」

眠い目を擦りながら、自室を出て、階段をおりる。

あれ？　なんでキッチンの方から音がするんだろ……。

ぼんやりする頭で、そんなことを考えていると。

「あ。おはよー、遊くん！　那由ちゃんのお部屋、貸してくれてありがとね」

そこには、ブレザー姿の女子が立っていた。

肩甲骨あたりまで伸びた、艶やかな黒髪。

大きくてぱっちりとした、ちょっと垂れ目っぽい瞳。

細身だけど、出るところは出て、引っ込むところは引っ込んだスタイル。

「あ……ああ。おはよう、結花ちゃん」

その相手が、クラスメートの綿苗結花だと認識するには、僅かに時間が掛かった。

そんな様子をめざとく見つけた結花ちゃんは、唇を尖らせる。

「ちょっと今、反応遅くなかったー？」

「いや、学校の感じと違ったからさ。一瞬、分かんなかった」

「ああ。髪型と眼鏡でしょ？　そうだよね、確かに雰囲気違うかも」

えへんと胸を張ると、結花ちゃんはカチャッと眼鏡を装着した。

そして長い髪の毛を左手で持って、右手で素早くシュシュを巻きつける。

あ。学校にいるときの『綿苗さん』だ。

ポニーテールに結ったのも大きいけど。

眼鏡をしてないと垂れ目っぽかったのに、掛けるとなんだか、つり目っぽく見える。

「すご……一気に印象変わった」

「でしょ？　眼鏡は私の『拘束具』だから」

そう言って結花ちゃんは、もう一回えっへんと胸を張った。

そんな様子を見た俺は――。

「三次元女子、こわ……」

「こわっ⁉　なんで⁉」

「そんな瞬時に雰囲気を変えれるとか、怖い以外の感想ないでしょ……ルパンじゃないんだから」

「化粧とかしてる子の方が、もっと変わるじゃんよー」

「ああ……そのレベルになると、もはやホラーだよ。妖怪だよ」

三次元女子の変幻自在っぷりに怯える俺に、結花ちゃんはため息を吐く。

「ほら、喋ると変にコミュ障っぽくなっちゃうじゃん、私？　だから眼鏡を掛けて、真面目そうに見せてるの。コミュ障を隠すには、まず真面目から。眼鏡の力で、賢くて近づきがたい『綿苗さん』にフォームチェンジ、ってこと」

「賢そう……まぁ、眼鏡がないよりは」

言ってることは、分からなくもない。

そうやって、人との距離感をうまく取ろうとしているところは、素直に共感できる。

なんだかんだで、似たもの同士……なのかもな。

そして俺たちは、一緒に家を出る。

「未来の夫婦が一緒に登校なんて――なんだか禁断な感じがするよね」

自分で言っといて照れたのか、結花ちゃんは目を細めて笑う。

その柔和な表情は、確かにクラスで見掛けた『綿苗さん』とは違う。

「あのさ。クラスでは俺たちが許嫁だってこと、くれぐれも内緒だからね？」

「……？　なんで？」

まったく考えてなかった様子の結花ちゃんは、きょとんと目を丸くする。

俺は歩幅を結花ちゃんに合わせつつ、注意する。

「悪目立ちしたら噂が立って、クラス中からちょっかい出されるかもでしょ？　そしたら今までと違って、クラス中から話し掛けられる羽目になるよ？」

「う……それはちょっと、嫌かも」

「あと、君は声優なんだから、普通に自重した方がいいと思うけど」

声優の結婚はセンシティブな問題だから、気を付けるに越したことはない。本当に。

「分かった！　頑張って普通のクラスメートっぽくする‼　でも……私、加減が苦手だから。冷たい態度取っちゃったら、ごめんね？」

「いや。俺も多分、社交辞令程度の反応しかできないと思うし」

だから……って理由だけでもないけど。

俺たちは昨日のうちに、ＲＩＮＥコードを交換してる。

ＲＩＮＥ。

無料でメッセージのやり取りや通話が可能な、かなりメジャーなコミュニケーションアプリだ。

高校生で使ってない奴は、いないんじゃないかな？

俺ですら、クラスのグループＲＩＮＥには一応入ってる。他は親父と妹くらいだけど。

そこに新たに追加されたのが――許嫁。

「よし。それじゃあ、学校では気を付けて振る舞おう」

「うん、了解ですっ！」

俺たちが許嫁同士だってことだけは、絶対にバレてはいけない。

そんなことがバレれば、千パーセント……中三のときみたいに、いじりとからかいの地獄が待ってるに違いないから。

◆

学校に近づいたところで、俺たちは距離を取った。

そして時間をずらして、教室に入る。

ちらっと横目で確認すると、結花ちゃんは既に席についていた。

「おっす、遊一」

着席と同時、後ろから声を掛けてくる友人・倉井雅春。

相変わらずツンツンしてる髪が、俺の肩に当たってきて、ちょっとウザい。

「どこ見てんだよ、ボーッとして」

「え!?　い、いや……」

マサの黒縁眼鏡の奥が、きらりと光る。

「分かったぞ、お前――ゆうな姫が見えるようになったんだな!?」

「…………ん？」

いや。確かにゆうなちゃんの『中の人』は見えるようになったけど。

多分、こいつが言いたいのはそういうことじゃない。

「ゆうな姫を愛するあまり、お前はこの教室にゆうな姫を幻視している――そう！　お前の網膜には、既にゆうな姫が焼き付いているから!!」

「お前、自分で言ってて恥ずかしくないの？」

「分かる、分かるぞ遊一！　お前も『こっち側』に来たんだよな？　俺は既にっ！　らんむ様の姿が見えているっ!!　むしろ、教室のあらゆる人間が、すべてらんむ様に見えているレベルだ！」

「それは病院行けよ、今すぐ」

マサと他愛ない会話をしつつ、俺はふっと結花ちゃんの方に視線を向ける。

あの子、学校だとどんな感じで過ごしてるんだろ？

これまで接点がなかったから、分かんないけど。

極力黙るようにしてるとは言ってたけど、まぁ最低限のコミュニケーションくらいは取ってるだろ多分――。


「綿苗さーん、ちょっといい？」

「………………なんですか？」

「昨日の宿題さぁ、難しくなかった？　あたし、何書いてあるんだか分かんなくてさぁ。もうさっぱりだよぉ。綿苗さん、あれ分かったぁ？」

「はい」

「へぇ、すごーい！　綿苗さん、頭いいよねぇ。じゃあさ、この問題教えてくれない？」

「いいえ」

「えー、なんでー？」

「教えるのは、苦手です」

「……あ、うん」


――硬っ⁉

なんだ、今のスマホのＡＩみたいな受け答え。

抑揚もないから、ますます「ＯＫ、ｇｏｏ◯ｌｅ！」感がひどい。

その上、表情の変化も皆無。

『眼鏡が拘束具』とか言ってたけど、拘束されすぎてもはや別人だよ。

昨日、俺とアニメ談議で盛り上がってたときの笑顔はどこにいったのか。

ってか、こんなんでよく、ゆうなちゃんを演じられてるな……。

「なあ、遊一……お前の目に映るゆうな姫は、どんな顔して笑ってんだ？」

「見えねーよ、馬鹿」

深刻な顔で、何を言ってんだこいつは。

とはいえ、変に勘繰られても面倒だし。

いったん結花ちゃんから視線を外すと、俺は気持ちを切り替えて、マサとの雑談をはじめ——ようとしたところで。

ブルブルっと——スマホが振動して、ＲＩＮＥの通知が来た。

『遊くん、学校だとイメージ違うね。これはこれで、格好いいと思うよっ！』

「——ぶっ⁉」

「ん？　遊一、どうした？」

「あ、いや……なんでもない」

思わず吹き出してしまったけど、取りあえず気を取り直して。

俺はゆっくりと顔を上げた。

そこには——眼鏡の奥の鋭い瞳で、俺を無表情に見つめてる結花ちゃんの姿があった。

普通に、睨（にら）んでるようにしか見えない。

知らない人にやられたら、恐怖しか覚えないやつだ。

「……ん？　綿苗さん、なんかこっちの方見てね？」

「え？　そ、そう？」

おい、マサの奴に気付かれてるぞ‼

俺は慌てて目をぱちぱちさせて、結花ちゃんにアイコンタクトを図る。

——ブルブルッ♪

『なんで目をぱちぱちさせてるの？　大丈夫？　目薬いる？』

違う、そうじゃない‼

「お、おい。遊一……なんか綿苗さんが、すっげぇ表情悪くなったぞ……なんだろ、億千万の胸騒ぎ……」

俺は慌てて、スマホの画面から視線を上げた。

そこには、陰のようなものを背負った結花ちゃんの姿が。

多分だけど……俺の目を心配してる顔、なんだろうな。

はたから見ると、人でも殺しそうな顔、してるけど。

マサに気付かれないように、俺は端的な文だけ、ＲＩＮＥで送る。

『あんま見ない』

――――ブルブルッ♪

『え、あんまり見えないの⁉　眼病じゃない⁉　病院行かないと、心配だよ！』

違う、そうじゃない‼

「佐方くん」

そうやって、俺がやきもきしている間に。

結花ちゃんはいつの間にか、俺のそばに移動してきてた。

マサが好奇に満ちた瞳で、俺たちのことを見守っている。

あー……これ、開始早々クラスにバレる展開だわ。終わり終わり。

黒板に相合い傘書かれて、茶化されんのかな？

授業中に発言したら、「ヒューッ！」とか不快な合いの手を入れられんのかな？

そうして、絶望に心を支配された俺に向かって。

結花ちゃんは、きっぱりした口調で——言った。


「……病院行けば？」


——シンッ。

周囲の空気が、一瞬のうちに凍りついた。

結花ちゃんがくるっと俺に背を向けて、自分の席に戻る。

「お、おい遊一？　お前、綿苗さんに何やったんだよ？」

「い、いや。何もしてないけど……」

「何もしてないのに、病院行けとか言われるかよ⁉　マジギレじゃん。頭おかしい奴認定じゃん！　お前、三次元に嫌われる呪いにでもかかってんの？」

「余計なお世話だ」

そうこうしているうちに——ブルブルッと。

俺の手の中で、ＲＩＮＥの通知を知らせるように、スマホが振動した。

『心配だよ？　早く眼科に行った方がいいよ？　私も一緒に行こうか？』

急いで『大丈夫、ありがと』とだけ送る。

「遊一、なんで呑気にスマホいじってんだよ？　そういうとこだぞ！」

「どういうとこだよ……」

ゆっくりとスマホをポケットにしまい、俺はため息を吐いた。

綿苗結花――確かに、自己申告どおりだな。

喋りすぎても、黙りすぎても、極端なコミュ障。

本人的には「病院に行った方がいいよ？」って心配を伝えたかったんだろう。

でも、周囲は完全に「頭の病院行け」っていう罵倒だと解釈してる。

まぁ、俺たちが許嫁同士だってバレなかったから、結果オーライなんだけどさ。

クラスメートにとっての綿苗結花は、『近づきがたい硬い人』だろう。

だけど、俺だけは。

こんな『外向けの綿苗結花』も。

声優の『和泉ゆうな』も、演じている『ゆうな』も。

そして――家で素を出してる『結花ちゃん』も。

全部知ってる。

俺だけが……知ってるんだよな。


結花の方をちらっと一瞥する。

硬い表情の結花が、一瞬だけ――ニコッと微笑んだ。

きっと今の表情は、このクラスの誰も気付いてない。

そう考えると、ちょっとだけ……嬉しいような。

「おい遊一！　また綿苗さんが見てるぞ……お前、普段の行いを改めた方がいいんじゃね？　マジで」

うん、訂正。

対応に困るから、ちょっとは自重してくれ――頼むから。

第5話　みんな、許嫁をなんて呼んでる？

学校から家までは、徒歩十五分くらい。

しばらく歩くと、交差点を渡ってすぐ、右に曲がるところがある。

この道を通って帰宅する生徒を、俺はこれまで見たことがない。

そもそも人通りが少ないから、誰とも会わずに家に着くことも多い。

そんな、穏やかな道を一人歩いていると……。

「――遊くーん！」

おそらく初めて、ここで声を掛けられた。

しかも、めちゃくちゃ親しい感じのテンションで。

俺が慌てて振り向くと、結花ちゃんが息を切らせつつ、こちらに手を振っていた。

「呼び方、呼び方！　まだ帰り道だから、大きい声でそれはさぁ……」

「あ、ごめん！　えっと……佐方くんに追いつきたかったんだもんっ！」

いや。呼び方だけ変えればいいって問題じゃないから。

「……バレないようにするつもり、あるよね？」

「もちろんっ！　からかわれたり仕事に支障出たら困るって、言ってたからねっ！」

「そうだよね？」

「……でも。走って追い掛けて、一緒に帰るのって……なんかドキドキするね」

「バレないようにするつもり、あるんだよね？」

「もちろんだよっ！」

思わずため息を吐いてしまう。

俺の横で、無邪気に笑いまくってる結花は――全然クラスの『綿苗結花』じゃない。

本人は気を付けてるつもりなんだろうけど。行動がまるで伴ってないんだよな。

さすが、ゆうなちゃんの中の人――キャラと同じく、本物の天然だ。

◆

帰宅してしばらくすると、引っ越し業者がチャイムを鳴らした。

去年まで那由が使っていた部屋に、結花ちゃんの荷物が運び込まれていく。

少しずつ、結花ちゃんの色に染まっていく室内。

「んー。これはこっちに置いて、これはあっちで……」

業者が帰ったあとも、結花ちゃんは自室の整理整頓に夢中になっていた。

女子の部屋をじろじろ見るのは気が咎めたので、俺は一人リビングに戻る。

無造作に置かれた、まだ開封されていない段ボール。

——いざ荷物が運ばれてくると。

改めて、今日から同棲生活なんだなぁと、しみじみとした気持ちになる。

「遊くん、お待たせー」

そうこうしていると、片付けを終えたらしい結花ちゃんが、ひょこっと顔を出した。

学校と違って結われていない、肩甲骨あたりまで伸びた黒髪。

眼鏡を外すと、なんだか垂れ目っぽく見える瞳。

水色のワンピースを翻して、結花が子犬のように笑う。

「なんか、荷物が運ばれてくるとさ。今日からここで遊くんと一緒に暮らすんだなぁって、実感が湧いてくるよね」

そう言ってから照れたように、結花ちゃんが俯く。

なんか気恥ずかしくなって、俺も思わず目を逸らした。

テーブルには、コップが二つ。

ひとつは、いつも使ってる俺の黒いマグカップ。

もうひとつは、うさぎのキャラクターが目立つ——結花ちゃんのマグカップ。

「遊くん」

なんの脈絡もなく、結花ちゃんが俺の名前を呼んだ。

「どうしたの、結花ちゃん？」

「ゆーくーん」

「動物の鳴き声みたいだね、それ……」

「……むー」

結花ちゃんは腕を組むと、何やら難しい顔をして首をかしげはじめた。

なんか知らないけど、深刻そう。

「『遊くん』『結花ちゃん』——これって許嫁同士の呼び方として、いいのかな？』

「え？　別によくない？」

「いや……アニメとかだと、他にも色んなパターンがあるし。いっちばんしっくりくる呼び方を目指すのも、ありかなって」

俺の頭が追いつく前に、結花ちゃんは両手の人差し指をくっつけて、もじもじしながら言った。

「んーと……あ、あなた……」

シンッと、二人っきりのリビングが静まり返った。

結花ちゃんの顔が、赤く染まってる。

なんだかいけないものを見ているような気分になって、俺は思わず目を逸らす。

「さ、さすがにそれは恥ずかしいでしょ……」

「じゃ、じゃあ——旦那様、とか？」

口に含んでいたお茶を、ぶぼっと吹き出しそうになった。

「真面目な顔して、何言ってんの⁉　そっちの方がもっと恥ずかしいよ！」

「ねぇ。ダーリン？」

「バカップルか」

「つれないなぁ……ご主人様ぁ」

「それはもはや意味が違う‼」

最初こそ恥ずかしがっていた結花ちゃんだけど。

掛け合いをしてるうちに、テンションが上がってきたのか。

はたまた、声優の血が騒ぎ出したのか。

段々と演技に拍車が掛かっていって——。

「私――結花はぁ。ご主人様のために、今日も頑張ってご奉仕するにゃあ☆」

それから数分後。

そこには「勢いでやり過ぎた」と、机に突っ伏して落ち込む少女の姿が。

「ったく。調子に乗ってはしゃぐから」

「うぅ……恥ずかし……」

学校とのギャップが凄(すさ)まじいな。同一人物とは思えない。

「色々試してみて、満足した？」

「んー……でもぉ……」

ここまでやって、まだご不満なのか君は。

「俺は別に、『遊くん』でいいよ。それでも特別感あるし」

「――『結花ちゃん』には」

「ん？」

「『結花ちゃん』には……特別感がないもん」

落ち込んでいたと思われる結花ちゃんが、急にハイテンションで立ち上がった。

そして、俺のことをビシッと指差して。

「女子でそう呼んでくる子もいるし。なんかすっごい、普通！」

「普通じゃ駄目なの？」

「だめっ！　だって、私と遊くんは……いつか結婚するんだから」

ハイテンションだったかと思えば、今度はか細い声で顔をしかめちゃって。

まるでジェットコースターみたいに、ころころと変わる表情。

中の人とは思えないほど、ゆうなちゃんそのもの。

元気でドジっ子で、やりすぎちゃってからずーんと落ち込んで。

あー……駄目だな。

ゆうなちゃんとかぶるから、そういうのを見ると——なんか放っとけないんだよ。

「——『結花』」

「へっ⁉」

目を丸くする結花に、俺は穏やかな気持ちで言った。

「結花、だったらどう？　少しは特別感、出たりしないかな」

「あ、あう！　あうあう‼」

なんか言語を失った結花が、こくこくと凄い速度で頭を振ってる。

そんな素直で、ちょっと抜けてる結花に、俺は声を出して笑いながら。

「じゃあ改めて……よろしくね、結花」

「遊くん」

「うん？」

「遊くん遊くん」

「なぁに、結花？」

「呼んでるだけだよー。遊くん、遊くん、遊くん……えへへっ」

繰り返し、繰り返し。

結花は意味もなく俺の名前を呼んで、楽しそうに笑う。


ただ、それだけのやり取りなんだけど。

なんだか意外と──悪くないなって思った。


「遊くん遊くん！　遊くん遊くん！　遊くん？　ゆうくーん‼　ゆ、遊くん……⁉」

「なんで最後、死んだみたいになってんの？」

やっぱりやり過ぎなのが、玉にきずなんだよな。この子は。

第6話　友達「俺の嫁！」↑なれなれしくない？

『ゆうな……まだ帰りたくない。だって、今日がとっても楽しかったから。だから一生、帰らないっ！　そしたら——ずーっと楽しいままでしょ？』

「ふぉぉぉぉぉぉぉ‼　神イベントじゃねーかぁぁぁぁぁ‼」

隣のマサが奇声を上げて騒ぎ出したもんだから、爆上がりしかけたテンションが、すっと沈静化した。

そんな俺には目もくれず、マサはスマホを片手に謎のステップを踏みはじめる。

それはさながら、どこかの民族が豊穣（ほうじょう）を祝う踊りのよう。

「おい、遊一（ゆういち）！　なんでお前、そんなに冷めてんだぁ⁉　お前の推しの、ゆうな姫のイベントだろぉぉぉ⁉」

「お前が盛り上がりすぎて引いてんだよ」

マサの自室に集まって、各自アリステのガチャを回す——それが今日の目的だ。

そして、俺がゆうなちゃんのＳＳＲを当てたところで、スペシャルエピソード開放。

その全容は、こうだ。

見栄っ張りなゆうなちゃんを連れて、絶叫系マシーンの多い遊園地でデートする。日本一の速度を誇るジェットコースターにビビりながらも、「べ、別にゆうなは平気だもんっ！」なんて強がって。

──結果的には、大絶叫。

ジェットコースターを降りたら涙目のまま、ぽかぽか叩いてくるゆうなちゃん。

そうして、日が落ちるまでデートを満喫した俺たちは、ゆっくりと出口の方に歩き出したんだけど。

ギュッとこちらの服の裾を摑んで、ゆうなちゃんが上目遣いで言うんだ。

「ゆうな……まだ帰りたくない。だって、今日がとっても楽しかったから。だから一生、帰らないいっ！　そしたら──ずーっと楽しいままでしょ？」

控えめに言って、神だった。

一生を遊園地で終えても、かまわないと思った。

やっぱり、ゆうなちゃんは──俺に元気と笑顔を与えてくれる。

「やっぱ、ゆうな姫は俺の嫁だな！」

興奮したマサが、そんなことを言うもんだから。

俺はイラッとして、マサのことを睨(にら)んだ。

「マサ……お前の推しは、らんむちゃんだろ？」

「ふぁぁぁらんむしゃまぁぁぁ」

「幼児退行すんな」

「らんむちゃんはなぁ……俺のママなんだよ！　そして、ゆうな姫は俺の嫁」

「自分のこと、どれくらい気持ち悪いと思ってんだ、お前……」

「うっせぇな！　俺はアリステのために生きてんだ‼　他人がどう思おうが関係ねぇ！」

ある意味すごい覚悟だな。

一周回って感心……しないな、やっぱ。

「とにかく。ゆうなちゃんは駄目だ。ゆうなちゃんは……俺の嫁だから」

『――アリステファンのみなさーん、こんにちは！　ゆうなを演じてます、和泉(いずみ)ゆうなですっ‼』

そのときだった。

俺のスマホの画面に、アリステのＰＲ動画が流れはじめたのは。

学校みたいに黒髪ポニーテールじゃなく……ふわっとした茶色いロングヘア。

多分だけど、キャラ作りと身バレを防ぐために、ウィッグをかぶってるんだろう。

服装はピンクのチュニックに、チェックのミニスカート、黒のニーハイソックス。

ファンサービスなんだろう……ゆうなちゃんが着ているのと、まったく同じ衣装。

そこにいるのは、綿苗結花じゃなくって。
紛れもない——和泉ゆうなだった。

『アリステ、楽しんでますかー？』

「うええええええええいッッッ‼」

耳元で奇声を上げたマサを、取りあえずしばらく。

そしてじっと、画面の中で動く彼女に目を凝らした。

『ゆうなは天真爛漫で、いたずらっ子なところがあって、だけど天然だからうまくできなくって……そんな感じの、無邪気な子です！』

和泉ゆうなが、笑顔を絶やすことなく喋り続ける。

『これからも応援よろしくね！　じゃないと、ゆうな……許さないんだからっ』

ＰＲ動画が消えて、いつものソシャゲの画面に戻った。

だけど俺は、なんだか放心してしまって、スマホを持ったまま動けずにいる。

「和泉ゆうなちゃん……推せるな」

ぼそっと、マサが呟いた。

「この子は、アリステでデビューしたばっかりなんだぜ？　しかも、俺たちと同じ高校生。きっと声優に夢を見て、こんな小さな身体で頑張ってんだろうな……なのに、ニコニコ笑顔を忘れなくって。可愛すぎない？」

「……そうか？」

俺は視線を泳がせつつ、言葉を濁す。

「そりゃ、声優としては頑張ってるんだろうけどさ。なんかこういう子、二面性ありそうじゃない？」

「いいじゃねぇか。俺はそういうギャップも大好物だぜ！」

「マサは守備範囲広すぎなんだよな……いや、和泉ゆうなはやめた方がいい。絶対に」

「なんでお前、そんなに批判すんだよ？　可哀想だろ、俺の嫁が！」

「誰がお前の嫁だ！　俺の嫁だよ‼」

言ってから、俺は慌てて口を塞ぐ。

やば……マサのテンションに引きずられて、俺たちの関係を、つい……。

「お、お前……まさか……」

マサが未(いま)だかつてなく真剣な目つきで、俺を見る。

冷や汗が滲(にじ)んできた。

心臓がバクバクと鳴る。

ま、まずい……バレた⁉

「和泉ゆうなちゃん、推してんのか……っ⁉」

……って。そんなわけないか。

冷静に考えて、若手声優のガチ嫁がその辺の高校生なんて、思うはずないよな。

◆

「――――ってのが、今日の出来事」

結花と夕飯をつつきながら、俺は今日の一部始終を話した。

本当に何気ない、ただの雑談。

だけど、結花は――。

「……ふへっ。『俺の嫁だよ!!』だってぇ……ふへぇ」

顔面を笑顔で崩壊させて、ふへふへ言ってる。

あまりに嬉しそうな反応をするもんだから、俺は念のため訂正する。

「いや、この場合の『嫁』は、二次元とかに使うやつだからね？」

「ふへー」

「だから別に、そこまでの他意はないからね!?」

「ふへー」

「聞いてないよね、絶対!?」

……まぁ、確かに。

マサなんかに『嫁』を連呼されるのが、嫌だったってのもあるんだけど。

これ以上は、言わないでおこう。

第7話　【助けて】非モテなのに、浮気を疑われたんだが……

俺と結花は、今日も一緒に家を出た。

そして最初にきょろきょろと左右を見回して、ゆっくり歩きはじめる。

「今日も遊くんと、一緒に登校ー♪」

「それ。毎朝の挨拶みたいに言ってるよね」

「だって、声に出して読みたい日本語だからねっ！　夫婦で登校」

「辞書に載らないよ、そんな変な日本語。あと、まだ夫婦じゃないし」

そんな他愛ない会話をしながら、学校へと向かう俺たち。

ひとけがない場所では、結花は家にいるときと同じテンションで、ニコニコしてる。

格好はポニーテールに眼鏡という、学校仕様だけど。

表情は完全に対俺専用の、スマイル搭載。

だけど……学校に近づいたところで、どちらからともなく離れる。

そして、少しだけ時間をずらして登校するんだ。

――これ、やるたびに背徳感だけが増していくんだよな。いいんだけどさ。

◆

そして今日も、俺と結花は親しげな様子も見せず、それぞれの学校生活を送る。

――――ブルブルッ♪

『遊くん、こっち見てー』

……たまにこうやって、RINEトラップが仕掛けられるけど。

俺は鋼の意思で、これをスルーする。

『こっち見てよー。もー』

やめなさいってば。

見たら絶対、結花の方が変な反応するんだから。

しかも、フォローするのはこっちだし。

「なぁに、真剣な顔してんのさー」

マサが席を外してるから油断していたら。

誰かがぐいっと、肩に体重を掛けてきた。

「……二原さん」

「やっほ、佐方！」

へらっと笑って、ぐいぐい顔を近づけてくるもんだから……俺は慌てて顔をそむける。

「近い、近いから」

「大丈夫じゃん？　別に佐方が動かなきゃ、なんも起きないってー。そりゃ佐方が動いたら、ちゅっ、てなっちゃうかもだけど？」

「それ、大丈夫って言わないから」

「ふはは、よいではないか、よいではないかー」

これ、完全に俺が困るのを見て、面白がってるよな。

はぁ……こういうところが苦手なんだよな、この子は。

二原桃乃。

クラスの女子で、俺に親しげに話し掛けてくる数少ない……というか、唯一の人間だ。

茶色く染めたロングヘアから、おでこが出てるのがチャームポイント。

メイクをしてるせいか、目元は物凄いぱっちり。

ボタンを少し多めに外して着崩したブレザーは、胸の力で内側からだいぶ窮屈そうに押し上げられてる。

そんな感じの、なんていうかいわゆる——ギャル風の格好の女子だ。

ギャルって人種は、なんかやたらと距離感が近い。

その割に、こっちがなんか変なことをすれば、一気に責め立ててくる。

そんな危険なタイプの女子なんだ……ただのイメージだけど。


だから俺は、二原さんに対して最大限の警戒レベルで接してるんだけど……なぜか向こうは、やたらと俺に話し掛けてくる。

「ってかさ。最近の佐方、なんか教室の中をきょろきょろ見てること多くない？　前は窓の外ばっか見てたのにぃ」

「なんで俺の視線を……いや、なんでもない」

「なぁにぃ？　気になる子でもできたん？　お姉さんに話してみ？」

「お姉さんて。同じ学年でしょ」

「んー、精神的お姉さん？　ほら、佐方。うちの胸に、飛び込んでおいで‼」

そう言って両手を広げるもんだから、ただでさえ大きな胸が目立つこと、目立つこと。

まぁ俺は紳士だからね？

ちょっとだけ見たら、すぐに目を逸らしたけど。

ちょっとしか見てない俺を、誰か褒めてほしい。

「もー。ノリが悪いんだよなぁ、佐方は」

「えっ⁉　ちょ、ちょっと‼」

右腕をぷにょんと、二つの塊が圧迫してきた。

うわっ柔らか……ここが天国か……。

って、まずいまずい！

慌てて振り払おうとするけど、二原さんはギューッとしがみついて離れない。

ぷにょぷにょって、俺が動くたびに柔らかい感触が伝わってきて、俺の脳がどんどん破壊されていくのを感じる。

そんな俺の慌てようが面白いのか、二原さんはにんまり笑った。

「はい、うちの勝ちー。おとなしく、うちのハグを堪能したまえよ」

「あのさぁ……前から思ってたけど。なんで二原さん、こんなに俺に絡んでくるの？」

俺の腕にくっついたまま、「んー」と二原さんは思案する。

そして、ニカッと笑って。

「もっかい、昔みたいに明るい佐方が、見たいから？」

「うわぁ……」

俺はそのコメントに、心の底からげんなりする。

俺と同じ中学出身なのは、この高校では二人だけ。

一人はマサこと倉井雅春。そしてもう一人は――二原桃乃。

高校で知り合った連中は、俺のことを空気みたいだと認識してるはずだけど。

二原さんは……それ以前の俺を知っている。

陽キャぶって、クラスでパリピもどきの振る舞いをしてたことも。

勘違いしてコクってフラれて引きこもって――物静かな闇の住人と化したことも。

「昔みたいにさぁ、もっといっぱい喋りゃいいじゃん？　なーんでこんな、一匹狼気取ってるん？　なんなの、中二病ってやつ？」

何が面白いんだか、けたけたと腹を抱えて笑う二原さん。

その隙にバッと二原さんを振り払い、俺は席を立った。

「はぁ……陽キャなギャルはすぐ、こうやってボディタッチするんだから。勘違いする人もいるから、やめときなって」

「えー？　別にうち、陽キャでもギャルでも、ないんだけどなぁ」

「じゃあ、なんなの？」

「陰キャな町娘？」

どこがだよ。

っていうか、なんだよ町娘って。ギャルの対義語でもないし。

「ってかさ。うちだって、別に誰にでもベタベタしないしー？　うち、そんなに軽い女じゃないよー」

わざとらしくそんなことを言って、二原さんは胸元を腕で覆って、頬を膨らませる。

そして、俺の耳元に唇を寄せて。

「──佐方にだけ、なんだけど？」

「はぁ!?　それって、どういう……」

「……ぷっ。あははは っ!　佐方、めっちゃ動揺してるー‼」

再び腹を抱えて笑い出す二原さん。

──ああ。

やっぱギャルは苦手だ。なんか古傷が痛んできた……。

早くスマホを起動して、ゆうなちゃんを摂取したいなぁ。

とかなんとか、考えてると。

――遠くの席から、ぞくっとするような冷たい視線を感じた。

そこには、一人の『修羅』がいた。

いつもの、コミュ障ゆえの硬い綿苗結花ではない。

……結構マジで機嫌悪そうな結花が、そこにいた。

俺はおそるおそる、スマホを手に取って、ＲＩＮＥを起動する。

『あれ？　遊くん、二原さんと仲いいの？』

『あの――……ちょっと距離が、近すぎる気がするんだけど……離れない、かな？』

『胸を見ましたね？』

『胸が当たりましたね？』

『結局、胸ですか』

『胸と結婚すればいいのに』

『ばーか』

段々とテンションが冷えていく様がリアルで、さすがに背筋が凍る。

どうしよう……陽キャなギャルのせいで、さっそく夫婦の危機なんだけど。

◆

家に帰る途中。交差点を渡って、すぐ右に曲がったところ。

そこで足を止めて、俺は青く澄み渡った空を見上げる。

今日もこのあたりに、人通りはない。

「遊くん」

そうしてボーッとしてると、結花が遅れてやってきた。

ちょっとだけ膨らませた頰。

ギュッと握った手のひら。

やっぱ怒ってるよな……。

「まず、説明させてもらえる？」

「はい、どーぞ」

「二原さんは、中学の頃の俺を知ってるから、無駄に絡んでくるんだよ。陽キャが面白がってるだけで……多分、俺のことはおもちゃくらいにしか思ってない」

「……まぁ、確かに。遊くんからっていうより、二原さんから来てたもんね。仕方ないと思うよ。別に、私以外と話しちゃいけない決まりなんかないし？」

ぷくっと頬を膨らませる結花。

その表情は怒ってるっていうか、なんだか拗ねてるような、そんな印象。

「でもさ、二原さん……ずるいよね」

「ずるいって、何が？」

「……うー。ずるいんだよ、とにかく」

結花がますます頬を膨らませて、年相応に膨らんだ自分の胸元に手を当てる。

ああ――そういえば、ＲＩＮＥでも散々、胸の話してたっけ。

「……ゆうなのグラフィックも、大きいじゃんよ」

「公式設定で、Ｆカップだからね。百四十七センチの小柄な中学生なのに、胸元だけは破壊兵器。キュートとセクシーの化学融合。あのあどけない表情とアンバランスな大人の体つきが、本当に堪らな――」

「遊くん、ばかなの？」

はい。ごめんなさい。

さすがに今のは、デリカシーに欠けてました。

そうしてしばらく、俺が黙ってると。

「……えいっ」

ぷにょんと。

腕に触れる柔らかい感触。

そう——結花がギューッと、俺の腕に抱きついてきたのだ。

結花のポニーテールに縛った髪から、柑橘系の匂いが、ふわっと香る。

腕を通じて伝わってくる結花の温度。

そんな状態で……結花は俺のことを上目遣いに見て、ぽつりと呟いた。

「……なくは、ないでしょ？」

「えっと……何が？」

「二原さんとか、ゆうなほどはないけど……それなりに、あるんだよ」

ギューギュー。

結花が俺の腕に、自分の身体を押し付けてくる。

柔らかい感触に、腕どころか俺の脳までとろけてきた。

心拍数が一気に上がって、なんかうまく息が吸えなくなってきたし。

止まらない鼓動に、言葉を失った俺を見て——結花はムッと唇を尖らせた。

「やっぱり、大きい方がいい？　男の子は大きければ大きいほど好きって、業界で聞いたことがあるもん」

「ろくでもないこと言うな声優業界⁉　好みによるでしょ、それ⁉」

「でも、遊くん――ゆうな好きじゃん？」

「俺が好きなのはゆうなちゃんであって、ゆうなちゃんの胸ではないっ！」

俺が必死に否定しても、結花は納得しかねるようで。

「むー……覚えといてよ、遊くん」

結花は俺から身体を離すと、べーッと舌を出した。

「絶対もっと、大きくなってやるんだからね！」


まったく、一体何に対抗心を燃やしてるんだか。

ひとまず機嫌が直ったみたいだから、いいけどさ。

うん……取りあえず。

アニメの話題でも、胸について言及するのは地雷だって、肝に銘じとこう。

第8話 「あ、これ永眠するな」って起こし方の特徴

『朝だってばぁ。起きてー、起きてよー。もぉ、ゆうながこんなに起こしてんのにぃー』

「やば……可愛い。可愛さの極みだ……」

俺はスマホを凝視しながら、ぼそぼそと独り言を口にしていた。

ついさっき回した『ラブアイドルドリーム！　アリスステージ☆』のガチャ。

課金したわけでもないのに、普通に『ゆうな（ノーマル）』が来た。

一発でゆうなちゃんとか……これが運命か……。

ちなみに現在やってるのは、『アリスアイドルたちが、あなたを起こしにきちゃうぞ！』キャンペーン。

この声があれば、俺の明日は――良い目覚めになるだろう。

あるいは、一生朝日を拝めないか。キュン死的な意味で。

「……遊くんって普段、何時頃に起きてるの？」

「うわっ⁉」

リビングのソファに横になってた俺は、急に声を掛けられて起き上がった。

風呂上がりの結花が、寝間着用のワンピースになって、こっちを見てる。

いつもより髪の毛がぺたんとしてるから、なんかあどけない感じ。

「遊くん、大体いつも、私より早く起きてるよね？」

「あー。大体、七時にアラーム仕掛けてるから。それくらいかな」

「寝起きは、結構いい方？」

「あー、まぁ……結花は？」

「私？　私は、結構悪いかな……しばらくまどろんでようやく、って感じ」

そんな、当たり障りのない会話をして。

それぞれが自分の部屋に帰っていく。

「……遊くん」

自室のドアを開けたところで、結花に声を掛けられる。

結花の方を見ると、なんだか——瞳をキラキラさせながら、俺の方を見ていた。

「明日、覚悟しててね？」

「……はい？」

なんの覚悟？

よく分かんないけど……まぁ、覚えてたら。

――――ん。

あ、なんか今日はアラームが鳴る前に目が覚めちゃったな。

俺は眠い目をこすりながら、布団の上の方に手を伸ばし、目覚まし時計を取った。

時間は――六時五十五分か。

ちょっと早いけど、二度寝するには微妙な時間だな。

よし……起きるか。

というわけで、俺は布団に入ったまま上体を起こした。

そこには――結花の顔があった。

「うわあああああ⁉」

「きゃあああああ⁉」

お互いに顔を見合わせて、大絶叫。

そのまま布団から転がり出た俺は、掛け布団の上にぺたんと座ってる結花を見る。

「え？　え？　なんで結花がここにいるの？」

「どうして……六時五十五分なのに……っ！」

普通に質問したけど、結花はなんか悔しそうにうな垂れてて、答えやしない。

えっと……あれ？　こんなことになる伏線とか、あったっけ？

昨日は確か、ゆうなちゃんのノーマルカードを手に入れて、はしゃいでて。

そのあと結花に、いつも起きる時間を聞かれて。

で――「明日、覚悟しててね？」って言われて。

「……なるほど」

つまり、こういうことか。

結花はアリステのキャンペーンを模倣して。

俺の起床時間を聞いた上で、こっそり起こそうと思い、部屋に侵入してきたと。

相変わらず、思いつきだけで行動するな。この子は。

「……やり直しを、お願いします」

「はい？」

「だって遊くん、予定より早く起きるんだもん！　ずるいよ‼」

「ずるくはないな⁉　俺が悪いみたいな感じなの、これ⁉」

「とにかく、もう一回——もう一回だけだからっ！」

◆

てなわけで。

取りあえず結花のリテイク希望を呑んで。

俺は再び、布団の中で目を瞑って待機していた。

「……なんでこんなことに……」

起きてるのに、もう一回寝るという、なんとも言えない状況に思いを馳せていると。

——ガチャリ。

部屋のドアが開く音が聞こえた。

そろそろと、結花が近づいてくる気配を感じる。

耳元にかかる吐息。

そして。

「……お兄ちゃん、起きて？　遅刻しちゃうよ？」

想定外のセリフに、俺は布団の中でむせ返った。

上体を起こして息を整えつつ、結花の方を見る。

「あ、起きた」

結花が嬉しそうに笑ってるけど、笑い事じゃない。

「なんでお兄ちゃん？」

「アニメとかだと、朝起こしにくる鉄板は、妹キャラでしょ？　えへへっ、お兄ちゃんって呼ぶの、なんだか新鮮」

だけど、その後すぐにハッとした顔になって。

「あ、そっか。ごめんね遊くん。遊くんには那由ちゃんがいるもんね……妹が起こしに来るのは、そんなに新鮮じゃなかったか」

「いや、そういうことじゃなくって」

ちなみに那由は、さっきみたいな起こし方はしない。

というか那由の方が寝起きが悪いから、俺の方が起こしてた。

そして起こすたびに、舌打ちされてた。理不尽。

「ごめん！　もう一回、リテイク‼」

くださいっ‼」

「次が最後だから！　ちゃんと夫婦ってことを踏まえた上で、萌える起こし方をやらせて

両手を合わせて、懇願するように頭を下げる結花。

あぁもう。そこまで頼まれたら、断りづらいって……。

そして流されるままに、俺は布団の中で目を瞑る（本日三度目）。

「……遊くん？　起きないと遅刻しちゃうよー？」

少しの間を置いて、結花が呟くのが聞こえた。

しかし——夫婦を踏まえた上での起こし方って、なんだ？

まったく想像がつかないんだけど。

————と。

俺の耳元に、結花の唇が近づいたのを感じた。

鼓膜をくすぐる、結花の温かな吐息。

そして、すぅっと……結花が息を吸い込んで。

「——起きてくれないと、キス……しちゃうぞ？」

「遅刻するよ⁉」

ぞくぞくっと、俺の脳内を電流が駆け抜けていった。

え、キ、キス⁉

そっか……マンガやアニメの話だとばかり思ってたけど。

俺たちは、許嫁なわけだし。

そういうの――あり、なんだよな。

結花のぷるぷるした、ピンク色の唇を思い出す。

甘くとろけそうな感触。小さく漏れる結花の吐息。

そして、俺と結花は――――。


「……お、起きない⁉　え？　え？　キ、キス……するよ⁉」


俺の肩を摑んだ結花の手に、ぐっと力がこもったもんだから。

俺は慌てて、布団から跳ね起きた。

「あ。お、おはよ遊くん……」

「う、うん……」

俺と結花は、じっと見つめ合う。

そして……結花がふっと俯いて。

「あ、えっと……今のは萌える起こし方をやったわけでして……本当にキスは恥ずかしいので……期待させてごめんかもだけど……」

もじもじとする結花。

そんな結花を前にして、なんのコメントもできない俺。

「というわけで……以上！　結花の萌える起こし方、でしたっ‼」

結花は恥ずかしさを吹き飛ばそうとしてるのか、はにかむように笑った。

そして、熱でもあるのかってほど赤くなった顔を隠すように、くるっと後ろを向く。

「どうだった、遊くん？」

「んーと……」

俺は言いづらそうに、目覚まし時計を指差す。

「ち、遅刻、しそう……」

「わー⁉　ご、ごめんなさいー‼」

そうして、バタバタと部屋を飛び出していく結花。

結花がいなくなったところで、俺は深くため息を吐いた。

「……明日からは、アラームをもうちょい早くしよ……」

毎朝こんな起こされ方してたら、頭がどうにかなっちゃうって。

それからの俺は。

毎朝、アラームを早めに仕掛けるようになった。

その結果――。

「もー！　なんで今日は、いつもより早いのー‼」

結花が負けじと、アラームより早く起こそうと攻めてきて。

だけど俺は、理性を保つためにも、さらに早くアラームを仕掛けて。

最終的に、五時起きになった時点で。

朝起こしにくるのは、我が家の禁則事項になったのだった。

第9話　【急募】許嫁と一緒に寝て欲情しない方法

初対面から、趣味が結構合うって分かっていたのもあって。

暇な時間があると、俺と結花(ゆうか)は一緒にアニメを観(み)て過ごすことが多い。


「あ。見て見てー。このヒロイン、可愛(かわい)くない？」

「そう？　俺はこっちの、先輩キャラの方が好きかな」

「えー!?　幼なじみの方がけなげで可愛いじゃんよ！　主人公と結ばれるなら、やっぱりこういう子だと思うよ!!」

「いや。青髪の幼なじみは、負けフラグだから」

「もー、そういうメタ発言しないのー!!」

ソファで隣り合って、アニメを観ながら雑談を交わす。

アニメに夢中になっているときの結花は、とにかくテンションが高い。

感動のシーンでは涙ぐむし、燃えるシーンでは手足をバタバタさせて声を上げる。

感情表現が豊かなんだよな。

そういうところ、さすが声優って思う。

「うわぁ、いいところで終わっちゃったよー!!　気になるなー、もぉ」

ふぅと息を吐く結花は、いつの間にかソファの上で体育座りをしてる。

学校では眼鏡にポニーテールな結花だけど、家では全然印象が違う。

風呂上がりでほどいた黒髪は、肩下まで伸びていて、毛先がふわっと膨らんでる。

眼鏡だとつり目に見える瞳は、眼鏡を外すとむしろ垂れ目っぽくて。

寝間着のワンピースから覗くほっそりとした脚は、艶やかで真っ白で。

「面白かったね、遊くん」

結花が脚をもぞもぞさせながら、にっこり笑う。

体育座りは思いのほか無防備で。

スカートの奥がちらっと見えそうになったところで……慌てて視線を逸らした。

――――そのときだった。

ピカッと、カーテンの隙間がまばゆく光ったのは。

それから数拍遅れて、落雷の音が響き渡る。

そして――我が家の照明が、一斉に消えた。

◆

「ごめんね……遊くん」

「いや、いいんだけどね」

それからの数分間、それはもう大騒ぎだった。

雷鳴と暗闇に半泣きになって、結花は俺にしがみついてきて。

むぎゅむぎゅ身体(からだ)を押し付けてくるもんだから、慌てて引き剝がそうとしたんだけど。

もう恐怖でパニック状態の結花は、ぜんっぜん離れてくれなくて。

最終的に——こうして。

俺の部屋に結花の布団(ふとん)を運んできて、ちょっと距離を置いてセットしたわけだ。

「じゃあ、結花。そっちの布団で寝——」

「やだ！」

結花はいそいそと自分の布団を、俺の布団とくっつけた。

隙間なく並んだ、二つの布団。

「いやいや。これはまずいでしょ」

「だって……怖いもん」

「いやいや。そうかもだけどね。でもね、さすがにまずいでしょ？」

雷が怖くて泣きそうな結花を見てると、その気持ちは分かるんだ。

婚約してるんだし、一緒に寝るってのも――まぁおかしくないんだろうけど。

それは危険だと、俺の直感が知らせてくる。

結花と一緒に暮らすようになったとはいえ、俺は未だに三次元女子と恋愛することに、抵抗がある。

だって中の人とはいえ、ゆうなちゃんと結花は……違う人だから。

変な期待をして、傷つけたり、傷つけられたりするのは、やっぱり怖い。

――だけど。

隣で無防備に寝てるとなったら、話は別だ。

怖いとか怖くないとか関係ない。刺激のレベルが違いすぎる。

「遊くん……本当にお願い」

そんな俺の苦悩に、気付いた様子もなく。

結花が目元に涙を滲ませて、ギュッと服の裾を掴んできた。

「怖いから、隣で寝て……？」

ピカッと窓の外が光って、雷鳴が轟いた。

結花は「ひゃっ⁉」と小さく声を上げて、布団に頭まで潜り込む。

そして――ひょこっと顔を出して、窺うように俺を見てきた。

「分かったよ……一緒に寝るから」

「……ありがと」

俺は布団に入ると、さっと結花と反対方向を向いて、目を瞑った。

結花の顔を直視したりはしない。

だって、暗闇に包まれた部屋で、布団を並べて寝てることを意識したら……さすがに冷静じゃいられないだろうから。

「…………」

ごそごそと、隣の布団が擦れる音が聞こえる。

静寂に包まれた室内。

……結花、寝たかな？

俺はおもむろに寝返りを打ち、結花の方に視線を向ける。

「あ」

「あ」

布団から顔だけ出していた結花と、ばっちり目が合った。

視線が交わった瞬間、結花はしゅしゅっと、布団の中に潜り込む。

「……ちらっ」

小声で呟いて、結花が再びにゅっと顔を出す。すると当然、俺と目が合う。

「きゃっ」

結花がしゅしゅっと、布団の中に潜り込む。

「……ちらっ」

再びにゅっと顔を出す。俺と目が合う。

「きゃっ」

しゅしゅっ。

「……ちらっ」

にゅっ。

「きゃっ」

――いやいやいやいや。やめようか、それ？

そんなんされたら、俺のドキドキが止まらなくなるから。マジで。

「――ねぇ、遊くん？」

鼻より上だけを出した結花が、上目遣いにこちらを見てくる。

その潤んだ瞳がやけに色っぽくて……俺は慌てて目を瞑った。

「あー。寝たふりしたでしょー」

結花が不満げに言うけれど、断固として目は開けない。

確固たる決意のもと、俺は眠ろうと意識を集中させる。

「もー……遊くんの、ばか」

結花が深く深く、ため息を吐いたのが聞こえる。

そして……ぽつりと呟きを漏らしたのも。


「私の方は……覚悟、してたんだけどな」


その言葉をトリガーに、俺は反射的に上体を起こした。

隣にいるのは、口元まで布団で隠した結花。

その瞳は相変わらず潤んでいて、頬は薄紅色に染まっている。

「覚悟……って?」

「女の子に、そういうの聞かないの……ばか」

結花の肩は、ちょっとだけ震えてる。
そんな、儚げな結花を目にして。

――俺の中の何かが、一気に弾けるのを感じた。

外から聞こえていた雨の音は、いつの間にか聞こえなくなってる。
雷も、完全におさまってる。
だから俺たちが、一緒の部屋で寝てる理由は……もう、ない。
でも、だけど。
いや――だからこそ、か。
俺はゆっくりと、布団から這い出ると。
結花との距離を縮めた。

こうして。
俺たちの――長い夜が、はじまった。

第10話　許嫁と一夜を共にした結果……

——私の方は……覚悟、してたんだけどな。

——女の子に、そういうの聞かないの……ばか。

前回までのあらすじ。

ひょんなことから、クラスメートの綿苗結花と許嫁関係になった俺。

プラトニックな付き合いだったんだけど、雷の晩に同じ部屋で寝ることになって。

そんなとき、結花から意味深な言葉を告げられて——。

どうする遊一!?

「……遊くん？」

脳内ナレーションを垂れ流している俺を現実に引き戻す、結花の声。

布団で鼻から下を隠したまま、結花は潤んだ瞳で呟く。

「や、やだった……かな？」

「えっ!?　い、嫌とかじゃないよ!?」

「だって遊くん、なんか困った顔してるもん」

「あー、まぁ困ってはいるけど……」

「ほら、困ってる。私が困らせちゃったんでしょ……ばーか」

そう言って結花は、頬を膨らませる。

覚悟――結花は確かに、そう言ってた。

俺の瞳に映るのは、結花の澄んだ瞳。

ああ――そんな目で見られたら、さすがにまずい。

俺は段々と、自分の頭が真っ白になっていくのを感じる。

「――え？」

結花が小さく声を上げた。

「あ！　ご……ごめん」

気付いたら、俺は無意識に結花の頬に手を当てていた。

慌てて手を離し、結花に背を向ける。

柔らかくて、温かかった……。

その女の子な感触を思い出すと、自分の鼓動が速くなるのを感じる。

「い、嫌……だったよね。ごめん……」

「い、嫌とかじゃないけど……」

「でも、困った顔してたし……」

「こ、困ってはいるけど……これは恥ずかしいっていうか、どうしたらいいか分かんないっていうか……」

振り向くと、結花が布団の中でもじもじと身をよじっていた。

毛布の端っこを、口元に当てて。

潤んだ瞳。上気した頬。

いつもと違って、妖艶な雰囲気の結花。

「えっと……優しくしてね？」

それだけ言い残して。

バサッと、結花は頭まで布団をかぶってしまった。

……………。

——優しく？

それって……そういうこと、だよな？

頭の中を、あらぬ妄想が駆け抜けていく。

同時に、中三のときの悪夢が蘇る。

行くべきなのか。行かざるべきなのか。

三次元女子との恋愛は、互いを傷つけたくないからって、封印した俺だけど。

二次元しか愛さないって誓った、そんな俺だけど。

こんな状況を無視できるほど——枯れた人間じゃないから。

「ひゃ、ひゃうっ⁉」

結花のちっちゃな手を握る。

手のひらから伝わってくる、結花の温もり。

小動物のような叫び声が、耳元を伝わって、脳みそをくすぐる。

……結花は手を握ったまま、離さない。

——ってことは？

「……いやいやいやいやいや」

自分の中に芽生えた邪な感情を、強い自我で振り払おうとする。

冷静になれ、遊一。

相手は確かに、俺の愛するゆうなちゃんの声優・和泉ゆうなだ。

三次元の中では限りなく、ゆうなちゃんに近い存在だ。
だけど、あくまでも結花は――三次元の女の子だ。
これ以上はいけない。
このまま進んだら、また――中三のときみたいに、傷ついてしまうかもしれないから。
反対に、結花のことを――傷つけてしまうかもしれないから。
「……んっ」
結花の憂いを帯びた呻(うめ)き声が、耳をくすぐる。
その刺激が、俺の全身を痺(しび)れさせて。
――プツンと。
俺の中の、何かが切れるのを感じた。
また後悔するかもしれない。
黒歴史を重ねるのかもしれない。
だけど――高鳴る胸の鼓動を止めるためには。
もう、これしかないから。
「結花」
俺は、許嫁の名前を呼んで。

意を決して——彼女の布団を、勢いよくはぎ取った。

◆

……どうやら無意識に、目を瞑（つぶ）ってしまってたみたいだ。

はぎ取った結花の布団を、そっとそばに置いて。

俺はおそるおそる、目を開けた。

その視界に映った結花は——。


「…………くぅ」


すやすやと気持ちよさそうに眠っていた。

想定外の事態に、俺は戸惑う。

「……えっと」

「むにゅう……」

「結花？　結花さーん？」

「ふにゅ……」

あ、これ駄目だ。

完全に寝落ちてるやつ。

まぁ、頭から布団をかぶってたら、暖かくなってきちゃうしな。

睡魔が襲ってくるのも、まぁ無理ないけど……。

「……ゆーくん……」

寝言で俺の名前を呼んで、結花がニコッと笑う。

そのあどけない表情に、俺はなんだか安心する。

なんだか、さっきまで悶々としてたのが、馬鹿みたいだ。

俺はポンポンと、結花の肩を軽く叩いた。

「……ふへへぇ」

それが気持ちよかったのか、結花は眠ったまま笑った。

なんて無防備なんだろうな、この子は。

ため息を吐いて、俺は結花の隣にごろんと転がる。

「……ま。そもそも俺は、二次元一筋だしな」

自分で自分に言い聞かせる。

確かに俺たちは、許嫁同士になったけど。

俺はまだ、結花のことを全部は知らない。

結花もまだ、俺のことを全部は知らない。

そんな中で、覚悟もなく『そういうこと』をするのは――やっぱり違うと思うから。

「そもそも。順調に同棲生活を送っていけるのかだって、分かんないしな」

誰にともなく嘯いて。

気持ちよさそうに眠っている結花の、無造作な頭に手を乗せる。

――ふわっ。

触れた俺の指先をくすぐる、ふわふわの髪の毛。

その感触が心地良くって――俺はそのまま、結花の頭を撫で回した。

「……ふにゃあ……」

結花が寝返りを打って、こちらに顔を向けてくる。

唇をすぼめて、くすぐったそうに笑っている、無邪気なその寝顔は。

なんだか――ゆうなちゃんみたいだった。

ほんのちょっとだけ……だけどな。

◆

翌朝。

目を覚ました結花は、この世のものとは思えないほど落ち込んでいた。

「寝ちゃった……なぜ私は、あんな無駄な時間を……」

呪詛（じゅそ）のようにぶつぶつと呟（つぶや）いている結花。

「気持ちよさそうに寝てたし、俺は別にかまわな――」

「私が気持ちよさそうに寝ても仕方ないの！　遊くんに気持ちよく……あーもぉー、私のばかぁ……」

俺のフォローにも過剰反応して、結花は布団にうずくまって嘆く。

そんなに気にしなくていいのに。

俺としてはむしろ、覚悟を決めずに済んでホッとしてるんだけど……。

「……ん？」

そのとき。

結花が自分の髪の毛を、ぐしゃっと握った。

そして、次の瞬間……。

「いやあああああああああ!?」

結花の絶叫が、朝の我が家に響き渡った。

「見ないでえええええええ!!」

そして、ぼふっと。

顔面目掛けて、思いきりよく枕をぶつけられた。理不尽。

「えええええ？　なんで私、今日はこんなに髪がぼさぼさなのぉぉ？　もぉー!!」

先ほどまでの落ち込みようは、どこへやら。

今度は慌てた様子で、結花はバタバタと洗面所の方へと走っていったのだった。


あー……髪の毛。

多分、俺が夜に撫ですぎたせいなんだろうけど。

怒られそうだから、取りあえず黙っておくことにしようっと。

第11話　陽キャに誘われたんだけど、どうやって断ったらいい？

「えへー。今日も遊くんと、一緒に登校だぁー」

ほんわかそう言って、子猫みたいにニコニコしてたのが、数分前の結花。

「朝ですね」

冷たくそう言って、ロボットみたいに無表情にしてるのが、現在の結花。

家での結花と、学校での結花は、相変わらず全然違うな。

完全に別人だし、学校バージョンの方はそもそも「朝ですね」って言葉のチョイスがおかしい。そこ、「おはよう」とかでよくない？

「相変わらず、めちゃくちゃ怖いな……綿苗さん」

隣の席からひそひそと、マサが言ってくる。

まぁそうだよな。学校だけで判断したら。

こんな無愛想な女子が、家では明るくて無邪気だなんて。

普通に考えて――誰も想像しないだろうし。

「はーい、みんな！　席について、ついて‼」

そんなことをボーッと考えてると。

ガラッと勢いよく扉を開けて、郷崎先生が教室に入ってきた。

郷崎熱子。二十九歳、独身。

俺たちのクラス、二年A組の担任を務める――ちょっと暑苦しい先生だ。

「元気が足りないなぁ、みんな‼　ほら、もっと大きな声出して！　朝のホームルームからそんなんじゃあ、一日がつまんなくなるよ‼」

「今日も郷崎節全開だな、遊一？」

「ほんとな……」

ちなみに俺は、郷崎先生のことがあまり得意じゃない。

悪い先生ではないんだけど、俺と方向性が違いすぎるんだよな。

『チームプレイ』とか『一致団結』とか体育会系全開で、陰キャな俺には刺激が強い。

「みんなで元気に、みんなで楽しく！　勉強だってもちろん大事だけどさ。それよりも『仲間』って財産を見つけよう？　そうすれば、みんなの人生は――もっと豊かになるんだから‼」

キラキラ瞳を輝かせている郷崎先生を、俺は冷めた目で見つめる。

別に先生が、友達とか仲間を大事に思うのはいいんだけどさ。

ただ――俺とは別世界の人間だなぁって、思ってしまう。

「おーい。おいおい、佐方？」

そんな俺のことを、斜め前の席から振り返ってニコニコしてる、茶髪の女子がいた。

二原桃乃――陽キャのギャル。

「佐方さぁ。『別世界の人間ー』とか、思ってたっしょ？」

「エスパーか何かなの、二原さんは」

なんなの。ギャルは人の心を読む能力者なの？

「だって佐方、分かりやすいしー？　顔見りゃ、大体分かるっしょ」

「あー、確かに。遊一はすぐ顔に出るからな」

二原さんのノリに、ニヤニヤ顔のマサが混じってきた。

「そーそー！　全部顔に出ちゃうっていうか？　子どもみたいで、可愛いよねー」

前屈みになって、ケラケラ笑う二原さん。

前傾姿勢になると、着崩したブレザーから胸元がチラッと見えちゃうから、目に毒だ。

「ねぇねぇ、佐方？　たまには郷崎節も、どうなのさ？」

「どうって……何が？」

「だからさぁ……」

二原さんが、ニッと微笑む。

その赤い唇は、なんだか艶やかで。

さすがの俺も、思わずドキッとしてしまう。

そんな俺に向かって、二原さんはゆっくりと指先を向けた。


「今日の放課後、どうよって……こ・と☆」

◆

「ってわけでぇ。今日のカラオケは、ゲストに佐方がきまーす！　あと、倉井も」

「なんで俺は、おまけみたいに言うんだよ‼」

パチパチと手を叩いて笑う二原さんと、それにツッコミを入れるマサ。

そんな俺たちの周囲には、男女入り交じった七人くらいのクラスメート。

普段関わらなすぎて、正直名前すら分からない。

「佐方はこう見えてぇ、結構面白いんだよ？　みんな、参加おーけー？　おーけーね！」

「誰も発言してないけど⁉」

慌ててツッコむけど、周りはただ苦笑してるだけ。

ちょっとちょっと。

誰か二原さんを止めて！　そして俺たちをハブって‼

「まぁ……桃乃が言うんなら、ねぇ」

ショートカットの名も知らぬ女子が、ぽりぽりと頬を掻く。

「桃は言い出したら聞かないっしょ」

「いつもの思いつき行動だろうしな」

「クラマサは、ちょいびみょーだけどね」

「おい！　聞こえてんぞ‼　俺をクラマサって呼ぶんじゃねぇ‼」

倉井雅春、略してクラマサ。

『倉井』と『暗い』が掛かってるから、マサはその呼び方があんまり好きじゃない。

――って、マサのことはいいんだよ、マサのことは！

「はい、けってーい！　今日の放課後、みんなでカラオケ楽しもうーっ☆」

みんなの拍手が、結構なボリュームで聞こえてくる。

えっ、なんでそんな簡単に受け入れてんの？

すげぇな、陽キャのコミュニティの順応性は。

「待って待って、二原さん。俺はそういうの、あんまり……」

「郷崎先生だって言ってたよねぇ。『仲間』って財産を増やしてみよーって！」

俺がやんわり断ろうとしても、二原さんはぐいぐい迫ってきて。

周囲も段々と、歓迎ムードに変わってきて。

まずい。これは本当に、まずい流れだ。


――――ブルブルッ♪


「あ。二原さん、ちょっと待って！」

俺は慌ててスマホを取り出すと、二原さんから見えない方向に画面を向けて、ＲＩＮＥを起動した。

そこには案の定、結花からのメッセージが届いてる。

『なんか盛り上がってるね。いいなぁ、私も遊くんと喋(しゃべ)りたい。ぶー』

『カラオケ？　って言ってる？　えー……カラオケ行くの、遊くん？』

『ぶー。ぶーぶー』

「えー？　なになにー？　怪しいなぁ、怪しいよぉ？」

ずいっと、二原さんが画面を覗き込もうとしてきたから、俺は慌ててスマホをポケットにしまった。

「べ、別に怪しくないって。予定空いてたよなぁって、確認しただけで……」

「お！　行く気になってくれたのかぁ‼　いいね、いいね。予定空いてたっしょ？　じゃあこれから、カラオケにレッツゴーだっ‼」

あぁ……これはもう、断れないな。

仕方なく、俺は首を縦に振る。

行きたいわけじゃないし、結花が気にしても悪いから、本当なら断って帰りたいところなんだけど。

あー……郷崎先生、余計なこと言ってくれたよな。

俺はため息を吐きつつ、その集団についていこうとして——。

「――待って」

後ろから聞こえてきた冷たい声に、反射的に振り返った。

そこには――眼鏡の下の瞳を、キリッと吊り上げて。

ポニーテールに結った髪を揺らしつつ、こちらをじっと睨んでる結花の姿があった。

「わ、綿苗さん？」

「私も、行く」

有無を言わさぬ迫力で、結花がきっぱりと言い放つ。

普段は絶対、こういうコミュニティに入らないであろう結花が。

なんか知らないけど、鬼気迫る表情で――カラオケに混ざろうとしている。

うん。極めて怪しいよね。

「お、おいおい！　遊一、どういう流れだ、これ⁉」

マサがガクガクと、俺の肩を揺すった。

俺は冷や汗を搔きつつ、必死に言い訳を考える。

そんな中、二原さんが怪訝な顔で結花のことを覗き込んだ。

「えっと……どうしたん、綿苗さん？」

まずい、これは結花に任せちゃ駄目な流れだ。

俺は慌てて、結花にパスを出す。

「あ……ああ！　綿苗さんも、カラオケ好きなのかな？」

よし、結花。『カラオケ好き』って設定でいこう？

そうすれば、「俺が行こうとしてたからついてきた感」が消えるから。


「いえ。カラオケは、そこまで」


はい、パスミス！

「ん？　そんなにカラオケ好きじゃないけど、来てくれんの？」

「ええ」

二原さんの質問に、無機質な声色で答える結花。

「あーそっかー。綿苗さんも、みんなと親睦を深めよう的なやつかー。いやー奇遇だねー。俺とマサも、親睦を深めようってしてたとこなんだよー」

我ながら棒読みだけど、俺は懸命に結花へとメッセージを送る。

よし、結花。『みんなの輪に混ざろうと思った』って設定でいこう？

そうすれば、「俺が行こうとしてたからついてきた感」が消えるから。

「いいえ。佐方くんが、行こうとしてたので」

はい、オウンゴール！

「え。それってどういうこと⁉」

「綿苗さん、佐方くんとそんなに仲良かったっけ？」

「おい、どういうことだよ遊一⁉」

騒然となる現場。

そんな中、物凄（ものすご）い硬い表情で立ち尽くしてる結花。

あー、駄目だこれ。結花、緊張で全然頭が回ってないやつだ。

ちょっと諦めの境地に達して、俺は深くため息を吐く。

――そんな、なんとも言えない空気の中で。

「綿苗さん……まーじーでー⁉」

二原さんがキラキラと目を輝かせて、結花の手をギュッと握った。

そして、結花にくっついて大はしゃぎする。

「やばっ、綿苗さんと遊べるとか嬉しいっ！　うちさ、授業以外で綿苗さんと話したことないっしょ？　だから、いつか遊びたかったんだよっ‼」

「え、ええ……」

陽キャなギャルの押しの強さに、ちょっとだけ怯む結花だけど。

意を決したのか、こくりと頷いた。

「カラオケ、私も行く」

二原さんが、歓声を上げる。

それに触発されたように、周りもわいわいと盛り上がりはじめる。

「えっと……どういう流れだ、これ？」

マサが首をかしげてるけど無視して、慌てて結花に小声で話し掛けた。

「……どういうつもりなの、結花？」

「……私も遊くんと、一緒に遊びたいし」

「……怪しまれるでしょ、こんな無理やりだと」

「……だって。みんなだけ遊くんと遊ぶのは、なんかずるいじゃんよ」

俺の言い方が気に入らなかったのか、結花はぷくっと頬を膨らませる。

そして頬を赤くして、上目遣いにこちらを睨みつけてきた。

いや、顔！　その顔は駄目なやつ‼

かんっぜんに『素の結花』出ちゃってるから！

「ん？　佐方、どったの？」

「いやあ⁉　カラオケ楽しみだねぇって、綿苗さんと話してただけだよ⁉」

二原さんに向かって、俺は慌ててフォローを入れる。

そんな俺の陰に隠れて。

結花はちっちゃな声で——言った。

「……遊くんとカラオケ、初めてだね。楽しみっ」

そうして、素の顔でえへっと、結花がかすかに笑った。

だーかーら！

危機感なさ過ぎだってば‼

こうして、結花の天然っぷりにハラハラさせられつつ。

波乱のカラオケ編に続くのか、これ……はぁ。

第12話　陰キャ「一般人の前で歌える曲ない……」許嫁「……」

「いえーい‼　乗ってるかーい‼」

パーティー用のカラオケルームで、マサがマイクを片手に叫んだ。

………なんでお前、そんな盛り上がってんの？

完全に異物感丸出しなのに、なぜか二原さんたちと大盛り上がりしてるマサ。すげーな、お前。

そんなカオスなカラオケ会場で、名前も知らないクラスメートたちが騒いでる。怖い。

あ、なんかタンバリン叩きはじめた。怖い。

マラカス振ってる。怖い。

「よーっし！　じゃあ今度は、うちが歌うー‼」

マサからマイクを奪い取ると、二原さんがおもむろに歌いはじめた。

みんなが「うぇい！」とか「ふぅ！」とか、合いの手を入れる。

そんな馴染めない空気の中、結花は……。

「………」

俺の隣で、デンモクを片手に固まっていた。

「えっと……結花。大丈夫？」

「う、うん……」

小声でそう答える結花だけど、全然大丈夫そうじゃない。

いつも以上に表情がないし、頬とかピクピクしてるし。

「無理して来るから……」

「だ、だって……」

デンモクに目を落とし、結花はぽそっとぼやく。

「……『あなたの隣は、絶対にゆうななんだからねっ！』じゃんよぉ……」

う……それは先々月のツンデレキャンペーン『ゆうな（ノーマル）』のボイス。

ゆうなちゃんのふくれっ面を想像して、不覚にもキュンとしてしまう。

「佐方、入れたぁ？」

二原さんが唐突に、隣から話し掛けてきた。

「う、歌い終わったの二原さん？」

「えー？　聴いてなかったのぉ？　うち、歌は結構イケてると思うんだけどなぁ」

近い近い。

なんで俺の膝に手を置いて、上目遣いにこっち見てんのこの人？

「——ごほん」

そんな格好したら、襟元が緩くなるから。ほら。

「ごほん、ごほん」

胸元のあたりがね……。

「ごほん！　ごほんごほんごほんごほん‼」

反対側にいる結花が、凄まじい勢いで咳き込んだ。

俺は我に返って、ゆっくりと結花に視線を向ける。

——ちょんちょん、と。

結花が自分の胸元を指差しながら、ジト目で睨んできた。

『やっぱり、胸なの？』

ジェスチャーで焼きもちを表明してくる結花。

だから違うってば！　見えちゃうものは仕方ないでしょ⁉

「ねぇ佐方？　なんか歌わないのぉ？」

「ちょっ⁉　に、二原さん！」

急に身体(からだ)をくっつけてきた二原さんを、俺は間髪入れず振りほどいた。

危なかった……なんか、すごい良い匂いがした……。

そして反対側から、なんか凄まじい殺気を感じる……。

「うちが代わりに入れたげよっか？　これとか知ってるっしょ？　うちとデュエットでもしよーよ」

「い、いや。聴いたことない……」

「えー⁉　最近やってるドラマの主題歌じゃん！　佐方、ＴＶ持ってない系⁉」

「何その系列……いや、持ってるけど。そういうのは、あんま観(み)ないっていうか」

深夜アニメなら観てるけど。

「じゃあ、歌とかあんまり知らない感じ？」

「正直……」

アニソンなら歌えるけど。

「むー。それは由々しき事態だねぇ」

「だから俺は、みんなのを聴いてるだけ――」

「じゃあ、これなら知ってる？」

やんわりと歌わず逃げようとした俺に、二原さんがデンモクを押し付けてくる。

画面には——汎用性のある人型で決戦できる兵器が出てくる、ロボットアニメの主題歌。

「佐方、確かこれ好きじゃなかったっけ？　中学の頃、よく教室の後ろで、倉井と物真似してたよね？　ぐおーってやつ」

はい。暴走した初号機ごっこ、やってましたね。

誰か俺を殺してくれないかな。

「じゃあ佐方……歌ってくれるぅ？」

イエスともノーとも言ってない笑顔で、俺は二原さんを見る。

いや、確かに逃げちゃ駄目なんだろうけどさ。

さすがに「この曲は知ってる！　最高‼」って反応しちゃうと……中学でオタク全開だった頃の自分みたいになりそうで、躊躇してしまう。

「だ、だからさ、二原さん。ちょっと俺、歌うのは——」

——ガタッ。

二原さんとの攻防を繰り広げる俺を尻目に、結花が無言で立ち上がった。

両手で握り締めたマイク。

流れ出すメロディー。

そして、結花がすぅっと、大きく息を吸い込んで。

残酷な天使のように、その歌を歌いはじめた。

相変わらずの無表情だけど——その声は、透き通るような美声。

「あ、これなんか歌番組で聴いたことある！」

「うわぁ、綿苗さん上手すぎっ‼」

さすがは声優・和泉ゆうな。

俺なんかと比べものにならないほど、歌唱力が高い。

そしてその圧倒的な上手さが、これがアニソンかどうかなんて、どうでもいい空気に変えてしまってる。

「綾〇がいる……おい、遊一！　俺の前に綾〇がいるぞ‼」

いねーよ。なんで泣いてんだよ、マサは。

まぁ確かに……学校での『綿苗さん』は、ちょっとだけ似てるかもだけどさ。

そうして、結花の歌で大盛り上がりになったカラオケルームだけど。

俺はなんか違和感を覚えて、考え込んでしまう。

――なんだろ？

いつも聴いてる、ゆうなちゃんのキャラソンと声が違うような……。

◆

こうして恐怖のカラオケ大会は、無事に解散の運びとなった。

「綿苗さん！　また遊ぼうねぇ‼　うち、綿苗さんが来てくれて、めっちゃ嬉しかったからさ！」

「気が向いたら」

綿苗さん、驚きの塩対応。

「じゃあマサ、またな」

「おお……またな」

どんよりとしたオーラを纏ったまま、マサがとぼとぼ帰っていく。

みんなに伝わらない電波ソングを歌いまくって、女性陣から大バッシングを喰らったからな。空気読んで歌えって、マジで。

全員と別れた俺は、いつもより遠回りして家に帰る。

……いや、大丈夫だとは思うんだけどね。

万が一、俺と結花が同じ家に入るところを見つかったら、目も当てられないから。

玄関の前できょろきょろ辺りを見渡してから、俺は家の中に入る。

「おかえりなさーい‼」

「わっ⁉」

瞬間、巨大なわんこ――と見紛うほど目をキラキラさせた結花が、飛び掛かってきた。

ギューッと俺に抱きついたまま、結花が「ぶー」と声を漏らす。

「待ちくたびれたんですけどー」

「いや、三分くらいしか待ってないでしょ。絶対」

「三分のうちに、私がぐったり伸びちゃったら、どうすんのさー」

「カップラーメンより、伸びるの早いなぁって思う」

結花がくすくすと、楽しそうに笑う。

その表情は、さっきまでとは打って変わって――くつろぎに満ちている。

結花の自然体を見て、俺もすっと肩の力が抜けるのを感じた。

「はぁ。一般人とのカラオケ、疲れた……」

「ねー！　もっと歌いたい曲いっぱいあったのに、歌えないんだもん‼」

「知らない曲ばっかなのに、『知ってるよね？』とか聞かれるし」

「デュエットとかね！　コミュ障を殺す気だよねっ⁉」

コミュニケーション苦手同士、人前では口に出せない愚痴を言い合う。

そんな分かり合えてるやり取りが、なんだか心地良い。

「あー、そうだ。遊くん、一曲聴いてくれる？」

「はい？　カラオケ終わったばっかなのに？」

「うん。それではどうぞ、ご静聴くださいー」

結花がすぅっと、大きく息を吸い込んで――歌いはじめた。

それはカラオケのときに歌ってた、超有名アニソン。

だけど、なんか――さっきとは声の感じが違う。

「……ゆうなちゃんだ」

俺がぽつりと呟くと、結花が嬉しそうに微笑んだ。

「あれ？　でもさっきは、なんか今と違ったよね？　あれ？」

「うん。さっきはわざと、歌い方を変えてたの！」

「なんで？」

「みんなの前で本気で歌って、身バレしちゃったら、遊くん嫌でしょ？　倉井くんも『アリステ』に詳しいって、遊くん言ってたし」

ああ、確かに。

納得したように頷(うなず)く俺を上目遣いに見て、結花が頬を赤くする。

「……でも、それだけが理由じゃないんだけどね」

「他にもなんかあるの？」

身バレ防止以外に、何があるんだろ？

本気で分からない俺の様子を見て、結花は呆(あき)れたように笑うと。

自分の唇に指を当てて——言った。

「私と遊くんだけの秘密の方が……なんか嬉しいんだもんっ」

第13話　妹「お兄ちゃん、童貞卒業した？」←どう反論すればいい？

ゴールデンウィークの初日。俺は一人で、パソコンをつけてボーッとしていた。

結花は「ネットラジオの収録があるから！」って、朝から出掛けてる。

去年リリースされた『ラブアイドルドリーム！　アリスステージ☆』に大抜擢された、新人声優・和泉ゆうな。

今のところ、まだゆうなちゃん役以外だと、モブキャラくらいしかやってないけど。

俺には分かる……彼女にはすごい才能があるって。

だって、和泉ゆうなは――ゆうなちゃんという天使に命を吹き込んだ、唯一無二の声優だから。

『お化け屋敷？　ぜ、全然、怖くないけどね？　え、怖がってるでしょって？　……ち、違うって。これは、えっと……武者震いってやつだからっ‼』

「ふぅ……」

俺はソファに横になって、そのボイスをエンドレスリピートする。

ゴールデンウィークキャンペーンのガチャで引き当てた、ゆうなちゃん。

相変わらず、ノーマルランクのカードだけど。

俺にとっては、ＳＳＳＳＳＲくらいの価値がある。

目を瞑れば、ゆうなちゃんの顔が、ほらそこに……。


——遊くーん！


ハッと目を開けて、俺はソファから飛び起きた。

ドキドキする心臓に手を当てて、呼吸を落ち着ける。

「今……結花の顔が、出てきた……？」

ゆうなちゃんの声は、結花の声。

だから、結花の顔が出てきたって、決して間違いじゃない。

結花とは同棲してるから、顔を合わせる機会だって多いし、変なことじゃない。

だけど——まさか俺が、ゆうなちゃんより先に、三次元女子を思い浮かべるなんて。

「……いや、結花とゆうなちゃんは、違う。違うから」

自分に向かって言い聞かせる。

だって、そうでもしないと。

俺の中で少しずつ、結花とゆうなちゃんが重なってきてる気がするから……。


――ピリリリリリリッ♪


「うわっ⁉」

そんな絶妙なタイミングで、スマホから着信音が流れはじめた。

俺は慌ててスマホを手に取り、電話に出る。

「もしもし」

『遅い。兄さん、ワンコールで出ろし』

不機嫌そうにぼやくのは――我が妹・佐方那由（さかたなゆ）。

なんて傍若無人ぶり。久しぶりだってのに、まったく変わっちゃいない。

「急に電話がきて、それは無茶だろ」

『言い訳……はぁ』

「いや、言い訳とかじゃなくてな？　人間の反応速度として――」

『いや、そういうのいいし。それより兄さん、今からうちに行くから』

「は？　お前、日本に戻って来てるの？　いつ頃こっちに――」

――ピンポーン♪


『今、着いたけど』

「急だな！　もっと早く電話しろよ‼」

「文句が多いし」

最後の発言が聞こえてきたのは、電話口ではなくて背後から。

俺は、おそるおそる振り返る。


ふわっとした黒髪のショートヘア。鋭い目つき。

Tシャツの上にジージャンを羽織り、ショートパンツを穿いただけの、ラフな格好。

胸の起伏もないもんだから、相変わらず『美少年』って感じに見えてしまう。

スマホを片手に持った那由は、なんとも言えない仏頂面で、室内を見回す。

「部屋は綺麗に片付いてんね」

さらっとそう言うと、那由はドカッとソファに腰掛けた。

そしてそのまま、スマホをいじりはじめる。

「兄さん、カプチーノ」

「ねーよ、そんな洒落(しゃれ)たもん」

「じゃあペペロンの方で」

「ペペロン……？　って、それスパゲティじゃね？」

「お腹空(なかす)いたの、マジで」

ここまで、視線をこちらに向けること一切なし。

相変わらず唯我独尊な妹だな。まぁ、今にはじまったことじゃないけど。

仕方ないので、俺は冷凍食品のパスタを温めはじめる。

「冷食？」

「俺に料理が作れると思うか？」

「うわ、開き直った」

「んで？　那由、突然どうしたんだ？」

「は？　帰省するのに、理由がいるの？」

「そうじゃないけどさ。急だから、なんかあるのかと思ったんだけど」

「……まぁね」

スマホをいったん膝の上に置くと。

那由はソファに肘をついて、ため息を漏らす。

「父さんが、兄さんの同棲生活を心配して、マジうっさいの。『結花さんに失礼なことしてたら、どうしよう』とか。『結花さんが別れたがってたら、どうしよう』とか。あたしは別に……心配してなかったけど」

「なんで心配のベクトルが、俺がやらかす方向だけなのか……」

「日頃の行いじゃね？　まぁそんなんで、父さんから頼まれて、こうしてわざわざ来てあげたわけ」

「なるほどな……まぁ親父なら、それくらいのことは言いそうだけど」

思わずげんなりしてしまう。

そんな俺に一瞥もくれず、那由が当たり前のように言った。

「まぁいいや――で？　夫婦の関係は、どこまで進んだ？　繁殖したわけ？」

「いきなり何を聞いてんだ、お前……」

「うっさい。したの？」

「してねーよ！」

「……あれ、マジで？」

ずっとぶすっとしてた那由の表情が、初めて和らぐ。

そして俺の方を、横目で見ながら。

「で、でもゴム製品によって防ぎながら、疑似繁殖行為を行うには至った？」

「遠回しすぎて分かりにくいわ！　してないっつってんだろ‼」

「え……マジ？」

那由がぽかんと口を開けて、こちらを見てる。

やめろ、その童貞を見るような目は。本当にやめなさい。

「そっか。思ってたより進展なくて良……くないか。彼女いない歴＝年齢の、限界を感じるね」

「童貞いじりはやめるんだ……っていうか、俺が現実世界で女子と一緒に暮らせてるんだぞ？　それだけで十分だと思わな――」

「頭を撫でるくらいは、した？」

「は？　……いや、それくらいは、まぁ」

「けっ。じゃあ、キスは？」

「けっ、てなんだよ⁉」

「いいから。イエスかノーで答えて」

「……ノー」

「ふむ。裸を見た？」

「ノー」

「どんな痴女だよ！　ノーだよ、ノー‼」

「ふむ。結花ちゃんが、裸を見せてきたことは？」

こいつは一体、俺たちをなんだと思ってんだ。

◆

「え、那由ちゃん⁉」

帰宅してきた結花は、スマホ片手にリビングでくつろぐ那由を見て、驚きの声を上げた。

「どうしたの、いつ日本に帰ってきたの？」

「数時間前とか」

「ごめんねー。何かおいしいもの、準備したげたかったぁ」

「いいよ。ペペロったから」

「ペペロ……？」

「ペペロンチーノ食っただけだよ。那由、もうちょっと愛想良くしろ」

「知らん。あたしは、あたしだし」

「そっかぁ。遊くんの作ったスパゲティ、おいしかった？　冷食だろうけど」

「――――‼　遊く……‼」

発言のどこに引っ掛かったのか、那由は急にくわっと目を見開いた。

そしてスマホをテーブルに置くと、ゆらりと立ち上がり、結花のことを見上げる。

相変わらず仏頂面だし、態度の悪い妹だな。

だけど結花は、そんな那由を見てくすっと笑う。

「……なに笑ってんの」

「んーん、ごめんね。可愛いなぁって」

「はぁ⁉　なめてんの⁉　あたしが、可愛い⁉」

キャンキャンと犬みたいに吼え散らかす那由。

そんな那由を見ながら、結花は頬をとろけさせる。

「いいなぁ、那由ちゃんみたいな妹。一緒に買い物したりとか、おしゃれしたりとか。楽しそうだなぁ」

「しないし。そういうの、マジで。ってか、勝手に妹扱いしないで」

目に見えて狼狽えている那由。

こいつが動揺するなんて、珍しいな。

「何？　見世物じゃないんだけど」

「はいはい、じゃあ見ないから」

「ふふっ。じゃあ那由ちゃん、夕飯は私が作るよ！　着替えたら、頑張ってご馳走作るからさっ。何が食べたいか、考えといてねー」

そう言って結花は、取りあえず着替えるため、自室に向かおうとする。

「待って。結花ちゃん」

そんな結花を、那由が強い語調で制した。

俺と結花は、思わず顔を見合わせる。

「えーと、那由ちゃん？」

困ったように首をかしげる結花に向かって、那由はさらっととんでもないことを言う。

「ここで着替えなよ」

「……え？」

「家族なんだから、別に恥ずかしくないはず」

「え、ええええええ!?」

結花が顔を真っ赤にして、悲鳴に近い声を上げた。

そんな反応を面白がってか、那由はニヤッと不敵に笑う。

「だって、兄さんと夫婦っしょ。洗濯物はどうしてんの？　まさか別々に洗ってる？　夫婦なのに下着も見せれない？　そんなんで、やってけんの？　ちゃんちゃらおかしい」

「ちゃんちゃらって、実際に言ってる奴はじめて見たな!!」

ツッコみつつ、俺は那由の頭をはたく。

「いった……何すんの」

「お前、なんだよその無茶ぶり！　そもそも俺たちはまだ許嫁同士で、夫婦じゃな――」

「ありのーままでー、って流行ったっしょ？　夫婦なら、それって大事じゃね？」

「で、でも、さすがに……あの……」

結花がもじもじと太ももを擦り合わせながら、俯く。

「ほら。結花もああ言ってるし、この話はおしまいな」

「はぁ……兄さん、変わんない。困ったらすぐに話を逸らす。引きこもって、二次元にガチはまりした頃から、成長しやしない。結花ちゃんが来ても、なんも変わんね」

「大げさすぎない!?　下着の話だよね？」

なんで段々と不機嫌そうになってんだ、こいつは。

昔からよく分からん妹だけど、今日はいつにも増して意味が分からん。

そうこうしているうちに。

那由はジト目でこちらを見て……呟くように言った。

「……兄さん、正直に言って。ひとつ屋根の下な彼女の下着姿、マジで見たくないの？」

「そうは言ってないけど……」

「言ってないの⁉」

結花がびっくりしたように顔を上げた。

その瞳は、恥ずかしさのあまりか、僅かに潤んでいる。

そんな結花の反応を見て、那由が小悪魔みたいにニヤッと笑った。

「そう。兄さんも、本当は見たいんだよ。男はみんな、獣だし」

「そう、だよね……同人誌で見たことある……」

「で？　そんな兄さんの欲望を満たすため――脱がないわけ？」

俺は無言で、那由の頭に拳骨を振り落とす。

脳天を突く一撃が効いたのか、那由は悶絶しながら床に崩れ落ちた。

「ぐおおお……」

「はぁ……ごめん、結花。うちの愚妹が、迷惑掛けて」

「ご、ごめんはこっちだよっ！　遊くんだって、本当は……見たかった、んだよね？」

「────はい？」

思いがけない結花の言葉に、俺の思考が停止する。

そんな俺の反応をどう思ったのか、結花はギュッと目を瞑って。

握り締めた拳を、自分の膝に当てると。

「き、今日はそういうの考えてなくって……子どもっぽいパンツだから！　恥ずかしいから、このパンツは……駄目なのっ‼」

────このパンツ、は？

え。じゃあ、下着が違ってたら。もっとちゃんとしたやつだったら。

OKって、こと？

頭がぐわんぐわんする。

結花の恥じらう姿が、なんか俺の胸をキュッと摑んでくる。

そんな俺の反応に慌てたのか、結花は顔を真っ赤にして言った。

「あ。え、えっと。き、今日じゃなくても、こ、心のじゅ、準備とか……そーいうのも」

「あ。い、いや。そ、それは、別に……結花の、ペースで」

言葉がしどろもどろになる。

脳がショートしそうになる。

「……けっ」

そんな微妙なムードになった俺たちを見て、那由はなぜか不機嫌そう。

「那由。これだけ大騒ぎを起こしたことについて、何か一言あるか」

「……子どもっぽい下着が好みな人も、世の中にはいると思う」

俺は無言で那由のこめかみを、両サイドからぐりぐりしてやった。

こいつは俺のことをなんだと思ってんだ。

キスもまだなのに、下着とか……早すぎるっての。

そんなこんな、やり取りをしている間に。

……結花の下着を妄想してしまったことは、絶対に二人には秘密だけどな。

第14話「さすがに一緒にお風呂はヤバくない？」結果……

「夫婦ってさ。一緒にお風呂入ったりすんの？」

那由が急にそんなことを言うもんだから、俺と結花は思いっきり味噌汁を噴き出した。

口元を拭いて、深呼吸してから、俺は那由を諭しはじめる。

「那由。そんなことはないから」

「そう！　それはちょっと、やり過ぎだよ那由ちゃん‼」

「マジ？　父さんが『俺も若い頃は、母さんと一緒に風呂に入ってたなぁ……死にたい』とか言ってたから、どうなのかと」

「思い出して辛くなるなら、言わなきゃいいのに……で、那由？　その発言をした親父を、どう思った？」

「きもい、むり」

でしょうね。

俺も同性じゃなかったら、縁切りを検討するレベルだ。

「でも、一理あるとは思って。裸の付き合いって言葉もあるし」

「普通『裸の付き合い』って、同性で温泉に入るときとかに使わない？」

「そう！　男同士で裸の付き合い……先輩の火照った頬に、大きな背中。それを見た後輩は、我慢できなくなって――」

結花、結花。

今はＢＬの話はしてないから。落ち着いて。

「あー、もう……那由。お前はなんで、変な方向に話を持っていくんだよ」

「……兄さんと結婚する以上、兄さんが満足する水準まで頑張ってほしいし」

「俺は今でも、別に不満はないんだけど」

「仲が悪いとは思ってない。でも、なんていうか……夫婦っぽくは、まだ見えないっていうか」

「いいんだって。俺たちには俺たちのペースが、あるんだから」

那由の言いたいことも、まぁ分かりはする。

三次元女子と距離を置いてるとはいえ、俺だって健全な高校生男子。

そういう、悶々とした気持ちになることも、なくもない。

だけど、「もしかしたら傷つけちゃうかもしれない」って思うと、自分から踏み出す勇気は出な――。

「や、やります！　私……遊くんと、お風呂に入る‼」

臆病風に吹かれてた俺に向かって、結花が爆弾発言を放った。

予想もしてなかったその言葉に、俺は動揺する。

「ゆ、ゆゆゆゆゆ結花⁉」

「み、未来の夫婦なんだもん。だから、もっと分かり合いたいじゃん？　もっと遊くんに、幸せを感じてもらいたいじゃんよ……」

「ふーん。良い心掛けだね」

いやいや、だいぶ話が暴走してると思うけど？

なんでそこで、不敵な笑みを浮かべてんだ、うちの愚妹は。

「兄さんが笑顔で毎日を送れるよう、頑張る準備はできてんの？」

「もっちろん！　だって私は、遊くんの――お嫁さんだからっ‼」

「……けっ」

かくして。

俺と結花は、一緒にお風呂に入る流れとなったのだった。

◆

出しっ放しにしたシャワーが、風呂椅子に座った俺の頭部を、ばしゃばしゃと叩く。
勢いのある水流を浴びて、俺の頭は少し冷静になる。
ここは、佐方家の風呂場。
なので当然──俺は全裸だ。
下半身にはバスタオルを巻き付けてるけど、上半身は何も纏ってない。
そう……全裸なのだ。
「ふぅ……」
シャワーが床を叩く音を聞きながら、俺はこれから訪れる未来に想いを馳せる。
──遊くん……あんまりじろじろ見ないでね。
──でも、遊くんだったら……触っても、いいよ？

ばしゃばしゃばしゃばしゃっ‼

俺はシャワーを手に取って、至近距離から顔面に水流をかけた。

ただただ痛い。

唇がぷるぷるする。

だけど、そうでもしないと――妄想の中の結花が、俺の心をおかしくしそうだから。

「ゆーうくんっ」

一瞬ビクッとしたけど……落ち着け、遊一。

結花とはいえ、相手は三次元の女子。

二次元美少女みたいに、都合の良い展開にはならないはず。

期待しすぎて、がっかりするなよ。

調子に乗って、相手に嫌な思いをさせるなよ。

――でも、遊くんだったら……触っても、いいよ？

ガンガンッ‼

俺は浴槽の角に向かって、自身の額をぶつけた。

再び湧き上がってきた、邪な感情を滅ぼすために。

めちゃくちゃ痛い。

「ちょっ、遊くん⁉　なんかすごい音したけど、大丈夫⁉」

「へ、平気……ちょっと悪魔祓いをね」

「どっちかっていうと、悪魔に憑かれたような物音だったけど……」

あながち間違いじゃないから、なんも言えない。

「兄さん。煩悩は祓えた？」

那由の冷ややかな声が、風呂の外から聞こえてくる。

さすが我が妹、兄の行動はお見通しか。

「じゃあ、結花ちゃん入るから。くれぐれも……仲良くしなよ。けっ」

「なんだよ、『けっ』て⁉　お前が切り出したイベントだろうが！」

「うっさい」

俺のツッコミを無下にしたかと思うと。

風呂の扉が、内側に向かって開く。

そして、そこに立っていたのは――――。

――スクール水着を身に纏った結花だった。

「……ふぁ？」

脳内の処理速度が追いつかなくて、思わず間抜けな声を出してしまった。

曇り対策なのか、眼鏡は外してる。

スク水の右下あたりには、『綿苗結花』と名前が書かれていて。

彼女が身につけてるそれが――『本物』だということを知らしめている。

「ご、ごめんね遊くん……やっぱり裸は、恥ずかしかったから」

「妥協案として、あたしが提案した」

「お前の仕業か、那由……」

そりゃあまぁね、身体を隠してはいるけどさ。

家の風呂に、スクール水着の同級生がいるって状況も、相当やばいでしょ。

いっそ裸より、背徳的ですらある。

「じ、じゃあ遊くん。入るね」

「お、おう……」

こうして。

腰にバスタオルを巻き付けただけの俺が、風呂椅子に座って。

スクール水着を身に纏った結花が、その後ろに立つという。

——異常な空間が、出来上がった。

「お、お背中洗うねー？」

「う、うん……」

ぺたっ。

「ひっ⁉」

ボディソープのついた結花の手が、俺の背中に触れた。

ぬるぬると、俺の背中を結花がじかに撫で回していく。

結花のちっちゃな手が俺の肌に触れてる……そう思うと、次第に頭の中が真っ白になっていく。

「かゆいところないー？」

「だ、大丈夫……」

「もうちょっと、背中まっすぐしていいよー？」

「だ、大丈夫！」

結花の言葉はありがたいけど、今は前屈みにさせてくれ。

「お腹の方も、洗うねー」

「お、お腹も⁉」

「そりゃそうだよっ！　きちんと綺麗に洗わないと、意味ないじゃんよ‼」

にゅるっ。

結花の手が、脇の下あたりから伸びてきて。

俺のお腹あたりを――ぬるぬると、洗っていく。

ときおり身体に触れる生地の感触で、スクール水着を着て泡だらけになってる結花を想像してしまう。

え、何これ……死ぬ……絶対、死ぬ……。

「……んー」

昇天直前の俺の耳元で、結花が悩ましげな吐息を漏らした。

そして、何かを決意したように「よしっ」と呟く。

「遊くん、バスタオル外して？」

「はいっ⁉」

「もっとちゃんと、洗いたいから。私――なんか洗うの、楽しくなってきた‼」

なんでテンション上がってんの⁉

振り返ると、結花はキラキラと目を輝かせてる。

無邪気すぎるでしょ⁉

水と泡のおかげで、スクール水着はてかてか、ぬるぬる。

俺はさらに腰を曲げて、エビくらい前傾姿勢になった。

これ以上やられたら、おかしくなるってのに……あぁ、この天然は本当に……。

「はい、遊くん。脱いでください」

「無理。駄目。できない」

「なーんーでー⁉　私は遊くんのお嫁さんとして、全力で尽くしたいのにー‼」

「もう十分嬉しかった！　最高だった！　はい、終わり‼」

「やーだー。もっと上を目指したいのー‼」

「駄目なもんは駄目なのっ‼　那由！　お前からも結花に、何か言ってくれって！」

「……んー。そだね」

聞こえてくる那由の声は、いつもより低い。

あれ？　扉越しで顔が見えないけど……なんか不機嫌？

「那由？　おーい、那由？」

「那由ちゃん！　私、頑張るからねっ‼　遊くんの笑顔のために、頑張るからね！」

「……やるね、結花ちゃん」

「やらなくていい！　やらなくていいから‼」

必死にバスタオルを摑んで、脚の付け根あたりを押さえる俺。

そんな俺のバスタオルを摑んで、必死に奪い取ろうとする結花（スク水）。

そして、なんか知らないけど、扉の向こうで不機嫌そうな那由。

――――なんだよ、この状況は⁉

「仲良しなら、いいんじゃない？　けっ」

風呂の外から、那由の声がした気がするけど。

自分の大事なところを護るのに必死で……ちょっと、なんて言ってるかまでは分からなかった。

第15話　【感動】無愛想な妹と、俺の許嫁が仲良くなったんだ

長いようで短かったゴールデンウィークも、明日で終わり。

太陽はすっかり西の空に沈んで、庭先はすっかり真っ暗になってる。

そんな景色を、バルコニーでぼんやり眺めながら。

俺は大きく伸びをした。

「結花、遅いなぁ」

今日はアリステの収録があるらしく、結花は夕方近くに出掛けていった。

そろそろ二十時を回るけど、大丈夫かな。迎えに行った方がいいかな。

「心配？」

なんとなくそわそわしてた俺の後ろから、冷静な声が聞こえてくる。

振り返ると、そこにはバスタオルを肩に掛けた那由の姿があった。

きちんと拭ききれてない髪の毛が、いつもよりぺちゃっとなってる。

「自分は家にいるのに、嫁がこんな時間まで働いてるのって、どんな気分？」

「その言い方、語弊があるだろ」

「けっ」

湿ったショートヘアをくしゃっと掻き上げて。

白地のTシャツにショートパンツというラフな格好の那由は、ぽつりと呟いた。

「明日、あたし帰るから」

「そっか。身体、気を付けろよ」

「ん。ありがと」

空の遠くの方で、飛行機の飛ぶ音が聞こえた。

星の少ない都会の夜空だけど、こうして見るとそれなりに綺麗だ。

「結花ちゃんさ」

「うん」

「結局どうよ。一緒に暮らしてみて」

「んー……思ったほど悪くはない、かな。割と楽しく過ごせてる」

夜の空気のせいか、あるいは妹ゆえの気安さのためか。

普段は言えない気持ちが――今日はなんだか、はっきり口にできた。

「あたしさ。兄さんが不登校になった中三の頃のこと、よく覚えてんだ」

「忘れていいけどな。黒歴史だし」

「兄さんがコクった相手が、クソ女で。フッた上に、クラス中に言いふらしやがった」

「落ち着けって、那由。あれは、突っ走りすぎた俺にも原因があるんだから」

「そうは言うけど。兄さん、みんなにからかわれて、いじられて……完全に部屋に引きこもって。一週間くらい、出てこなかったし」

「まぁ……あの頃は、さすがにメンタル死んでたからな」

「今もじゃん」

吐き捨てるように、那由が言った。

俺はふと、隣に立った妹の横顔を見る。

その表情からは、なんとも言えない——寂しさを感じた。

「確かに兄さんは、学校に行くようになった。表面上はうまくやるようになった。けど、マジで上辺だけ……昔はもっと、心から笑ってたし」

「そんなに変わんないよ」

「嘘吐き。妹なんだから、それくらい分かるし」

中三の冬、確かに俺は、どん底まで落ちてた。

そして、そんな俺を『ラブアイドルドリーム！　アリスステージ☆』が——ゆうなちゃんが、救い出してくれた。

ゆうなちゃんが、いつも無邪気に笑ってくれたから。

ゆうなちゃんが、いつも明るく話し掛けてくれたから。

俺は立ち直れた。

もう誰かに恋なんかしない。この画面の向こうの彼女だけを、一生愛していく。

そう決めたからこそ——今の俺があるんだ。

「兄さん。あたしが小さい頃、ちょっとだけ不登校になったの、覚えてる？」

「ん？　小学校の三、四年生くらいだっけか？　あったあった」

「あの頃のあたし、今と違って……もっと女子っぽかったっしょ。可愛(かわい)いもの好きで」

「女子っぽいってか、ぶりっ子キャラじゃなかったっけ？」

「うっせ。マジうざい」

ぶりっ子に近いくらい、ザ・女子って感じだった那由。

だけど学年が上がるにつれて、からかいの対象になることも増えていって。

「あんとき、あたし——決心したわけ。あんな連中に負けた感じになるの、マジで嫌だったし。だから、自分を変えて……で、今のあたしになったし」

「確かに。あの頃からお前、喋(しゃべ)り方とか見た目とか、今みたいになったもんな」

「でしょ」

「そうやって、自分を変えて——那由は、満足したのか？」

俺の問い掛けに、那由はちょっとだけ考えてから。

「今となっては、ね。楽しいよ、マジで」

「だから俺にも、そうしてほしいって？」

「違うし……そこまで言ったら、傲慢だし」

那由はふっと、遠い目をする。

そして俺に横顔を向けたまま、ぽつりと呟いた。

「あたしは、ただ。兄さんが、昔みたいに笑ってくれれば、それでいい。腐っても兄妹（きょうだい）だし。兄さんが辛（つら）そうなのは、あんま見たくないっていうか。だから——結花ちゃんと結婚するんなら、せめてさ……」

くるっと那由が、こちらに向きなおった。

そして、少しだけ寂しげに笑って。

「兄さんを笑顔にできる、お嫁さんになってほしい。これだけは、マジ」

そのとき、ガタッと。

バルコニーに通じる窓ガラスが、勢いよく開いた。

「ごめんね遊くん、那由ちゃん！　帰るの遅くなっちゃった‼」

走って帰ってきたのか、息が上がってる結花。

頬は紅潮して、眼鏡には汗の雫がついている。

髪の毛もなんか、ボサボサになってるし。

「もー、どこ行ったのかと思ったじゃんよぉ。帰ってきたら、誰も中にいないんだもん」

「どんだけ走ったの？　汗だくだけど」

「あー！　ちょっと、ストップ‼　それ以上は近づいちゃ駄目‼　接近禁止令！」

駆け寄ろうとした俺を見て、結花は両手を大きく振った。

そして、チュニックの襟元を摑んで、自分の鼻先に寄せると。

「……今の私、絶対に汗くさいもん。やだ」

「別に俺、そんなの気にしないけど」

「いーや、遊くんは気にする絶対！　だって、ゆうなは汗のにおい、しないしっ‼」

そうやって極論を持ち出したかと思うと。

「私は、遊くんのために……無臭のお嫁さんを、目指すんだもん」

「――ぷっ！　あははははっ‼」

上目遣いになって、真剣にそんなことを言うもんだから。

俺は堪らず、声を出して笑ってしまった。

「あ、ちょっとぉ！　笑わないでよぉ。女の子にとっては、重要な問題なんだから‼」

「ごめんごめ……ぷっ！　あはははははっ‼」

「ねぇ、笑いすぎじゃない⁉」

ツボに入って笑いが止まらない俺。

それが不愉快なのか、頬を膨らませて怒ってる結花。

「もう、失礼だなぁ遊くんは！」

「ごめんってば。とにかく、汗かいたままだと風邪引いちゃうから、中に入ろ――」

「けっ」

そんな俺たちのやり取りを見ていた那由が。

バスタオルを頭からかぶると、ショートパンツのポケットに両手の指先を入れて、部屋の方へと歩き出した。

「あ。ねぇ、那由ちゃん」

俺たちより先に部屋に戻ろうとする那由を、結花が呼び止める。

「……なに？」

那由がぴたっと足を止める。

そんな那由に駆け寄ると、結花は頭に載ってるバスタオルを動かして。

「ちゃんと拭かないと、風邪引くよ？」

「……別に。平気だし」

「平気じゃないの。風邪だって、怖い病気なんだからね？　声優をはじめてから、そういうの敏感になったんだけどさ。喉痛めるのって、すっごく怖いことなんだよ？」

「………………」

頭にバスタオルが掛かってるから、那由がどんな顔をしてるかは分からないけど。

おとなしく結花に、頭を拭かれてるから——拒否してないことだけは分かった。

「兄さんが風邪引きそうでも、同じこと言う？」

「え？　当たり前でしょ。夫の体調を心配するのは、お嫁さんの務めだもん！」

「兄さんが寂しそうなときは、どんなこと言う？」

「んー。寂しそうなときかぁ」

アゴに指を当てて、ちょっとだけ考えてから。

結花はにっこりと笑って、言った。

「取りあえず、笑わせちゃおっかな。寂しいのなんて、吹っ飛ばせるように」

「……ん」

那由は僅かに頷くと、バスタオルの両端を摑んだ。

「笑わせてみなよ。兄さんが笑い疲れるくらい、全力で」

そして那由は、結花に背を向けたまま——小さく呟いた。

「兄さんのこと、マジで頼んだからね……お義姉ちゃん」

◆

那由が部屋の中に戻ったあと。

俺は持ってきたバスタオルを結花に渡し、なんとなく二人で空を眺めていた。

結花がゴシゴシとバスタオルで頭を拭きつつ、空を指差す。

「見て見て、遊くん。今日は三日月だよっ」

「笠かぶってるし、明日は雨かな」

「あー、そうかも。ゴールデンウィーク最終日に雨かぁ。ゆーうつ」

穏やかな時間。静かな空間。

「……えへっ。えへへぇ」

「何その、クリーチャーじみた笑い方」

「クリーチャー!? 失礼じゃない？」

いや、だって。変な顔して、笑い声を漏らしてるから。

「だって……『お義姉ちゃん』だよ？」

「結花はきょうだいとか、いないいんだっけ？」

「あー……うちの子はねぇ。中学生のくせに私のこと、自分より下だって思ってる感じだからなぁ。『お姉ちゃん』とか、絶対に言ってくれないもん」

「まぁ家での結花を見てたら、その気持ちも分かるけど」

「どういう意味!? もぉー、そうじゃなくって！」

怖くもない顔で一瞬、俺を睨みつけてから。

結花はふぅと息を吐き出して、微笑んだ。

「那由ちゃんに、家族として認めてもらえた感じがして。だから『あー、遊くんと家族になったんだなぁ』って——なんか、幸せじゃん？」

「婚約してるから、今までも家族も同然だったでしょ」

「そうだけど。他の家族に受け入れてもらえたら、より家族！　って感じじゃんよ」

受け入れ……まぁ、確かにそうだな。

あの、強情で毒舌家な那由が、『頼んだ』なんて言うくらいだから。

結花のお嫁さん的な頑張りが、俺だけじゃなく、家族にも伝わってきてるんだなって

――そう思う。

「……俺ももうちょっと、頑張らないとな」

「ん？　なんか言った？」

「いや、なんでもないよ」

「えー？　何それ、気になるじゃんよぉ‼」

「……いつまでやってんの？　近所迷惑だし」

ガラッとバルコニーに通じる窓を開けて、那由が睨んできた。

そんな那由に「可愛いっ！」って言って近づいて、結花がわしゃわしゃ頭を撫でる。

なるほどな。こういうタイプが、この厄介な妹の弱点か。

なんて考えてると――那由は本気のテンションで睨んで。

「……兄さん、笑うなし。マジで」

第16話　【画像】スカートから見えそうで見えないアレ

ゴールデンウィークの最終日、那由(なゆ)は再び日本を旅立った。

俺に対しては、「けっ」とか「うざ」とか、いつもどおり辛辣な態度だけど。

結花(ゆうか)に対しては、なんだか知らないけど握手を求めていた。

「兄さんと仲良くしてよ……マジで」

「うん！　那由ちゃんもまた、遊びにおいでねっ‼」

頭頂部が見えるくらい俯(うつむ)き加減だったから、表情は分からなかったけど。

那由の声は、心なしかいつもより——穏やかだった気がする。


「那由ちゃん、無事に帰れたかなぁ」

「大丈夫だろ。あいつは飛行機が落ちたって、死ぬようなタイプじゃないから」

「それ、人間やめてるよね」

俺の軽口に対して、結花が笑いながらツッコんでくる通学路。

ゴールデンウィーク明けの登校初日は、例年だったら億劫だけど……今年は違う。

結花がいるから、退屈しない。

なんかいつの間にか、二人で登校するのも当たり前みたいになってきたな。

「遊くん、遊くんっ！」

過剰なまでにくっつこうとしてくる結花には、ちょっと困るけど。

だってここ、いつクラスメートとバッティングするか分かんないし。

——ポニーテールに結った髪が、風に揺れる。

眼鏡をしてるせいで、家よりは少しキリッとして見えるけど。

俺に対して無邪気に笑うその口元は、やっぱりいつもの結花なんだよな。

◆

「やっほ、佐方！　元気してたぁ？」

自分の席につくと同時、二原さんがバシッと肩を叩いてきた。

そして茶色いロングヘアを揺らしながら、自分の机の上にひょいと腰掛ける。

太ももまでしかないいきわどいミニスカートが、さらにきわどい角度に。

「どこ見てんのさー」

二原さんが笑いながら、とんでもないことを言ってくる。

「ど、どこも見てないけど？」

「うっそだぁ。今、うちのパンツ見ようとしたっしょ？」

「してないです。やめてください」

「佐方だって、男の子だし？　こんなスカート穿いてたら、そりゃ気になるよねー」

「やめてください。違うんです。本当なんです。信じてください」

二原さんは冗談のつもりかもだけど、俺は本当に生きた心地がしない。

下手したら、社会的に死ぬし。

痴漢冤罪でしょっ引かれるおじさんたちの気持ちが、今ならよく分かるよ……。

「――――二原さん。ちょっと、いい？」

そんな空気を一瞬で凍りつかせるような、究極に冷たい声とともに。

『綿苗結花』がすっと、俺と二原さんの間に割り込んできた。

二原さんがへらっと笑って、結花に手を振る。

「やっほ、綿苗さんっ。あ、また今度さぁ。こないだみたいに、カラオケ行こ――」

「二原さん……その格好、はしたない」

眉ひとつ動かすことなく、結花が容赦なく会話をぶった切った。

「キャ……キャットファイトだ……っ！」

現場を見ていたマサが、わけの分からないことを口走る。

それが伝播したのか、周囲もざわざわしはじめる。

だけど、そんな空気を気に留めるような、結花じゃない。

「二原さん。佐方くんが、舐めるように見てる。風紀が乱れる。やめて」

「み、見てな――」

「佐方くん」

底冷えするような、結花の声。

ただ俺の苗字を呼んだだけなのに、まるで死刑宣告のような重々しさを感じて……俺は黙ってしまう。

その異様な空気を察したのか、二原さんはすたっと机から降りた。

「まー、佐方はむっつりだからねぇ。こんな美少女が？　あられもない格好してたら？　目に焼き付けちゃうかぁ」

「してないです。やめてください。してないんです。違うんです」

「見たか、見てないか――それは立証できない」

軽いノリの二原さんとは対照的に、結花は冷たい態度を崩さない。

そして、家でも学校でも見たことない、氷の表情でもって。

「いずれにせよ、女子の肢体で性的興奮を覚えることは……汚らわしいと思う」

◆

「ふーんだ！　遊くんのばーか、ばーか‼　二原さんの生脚で、えっちな気分になっちゃって――けがらわしいっ！　最低っ‼」

結花のＩＱが、50くらい下がった。

早足で帰っちゃったから、怒ってるのかと思ったけど。

無造作にカバンを放り投げて、リビングで頬をぷっくりと膨らませている様子を見ると、ちょっと違うみたい。

「あ、あのね。結花……」

「見たんでしょ！　えっち‼」

「見たか、見てないか。それは、立証できないのでは？」

「あーあー！　言い訳は聞こえませんー‼　うわっ、何も聞こえないぞ⁉　これは言い訳ばっかしてるからだねっ‼」

「耳を塞いでるからでしょ⁉」

俺が何を言おうと、結花はぶーっと拗ねたまま。

目をギュッと瞑って耳を塞いで、下唇を突き出している。

なんともいえない、間抜けな表情。

堪らなくなって、俺は——吹き出してしまった。

「なんで笑ってんのー。私はこんなに、ごりっぷくなのにー」

「はいはい。ご立腹なのね」

「機嫌が直らないなー。あーあ、かわいそうな結花ちゃん」

「ったく。そんなに拗ねる？」

「うわぁ！　開き直り魔神だー‼」

大騒ぎする結花に向かって、俺はぺこりと頭を下げる。

「はい、結花。ごめんね」

「聞こえないー」

「ごめんって」

「ほんとに聞こえないー」

「耳を塞いでるからでしょ……ってか聞こえてるでしょ⁉」

埒があかないので、俺は結花の腕を握って、耳元から手を離させる。

結果として、俺が結花の両手を摑んだ体勢になるわけだけど。

「……顔、近いー」

鼻先が触れそうな距離で、結花がキュッとアゴを引いて、唇を尖らせる。

俺も慌てて、結花から目を逸らした。

そうして、なんとも言えない微妙な空気のまま――無言の時間が過ぎていく。

「…………ねぇ、遊くん？」

ぽつりと呟いて。

結花は声を震わせながら。

おそるおそるといった調子で――言った。

「二原さんのパ、パンツが、見たかったの……？」

「真剣な顔で何言ってんの!?」

予想の斜め上な発言に、俺はつい素っ頓狂な声を上げてしまう。

だけど結花は、極めて真面目な表情で。

「だ、だって！　遊くん、絶対に二原さんのスカートのとこ、見てたじゃん！　中が見えないかなーって顔、してたよねっ!?」

「だから、そんなこと、してな――」

いや……これ以上、言い逃れをしても無駄か。

もうこうなったら仕方ない。

俺は正直に、白状することにした。

「……確かに俺は、スカートが短いなーって、気にはなった。だから、反射的に視線がスカートと脚の境目のところにいった。それは認める」

「うわーん、やっぱりそうなんじゃんよぉ!!」

「でも、それは二原さんだからとかじゃなくって！　あくまでも反射的な行動でっ!!　生理的な現象なんだってば!!」

そこだけは分かってほしい。

俺は二原さんに欲情したんじゃない。

あくまでも……『ミニスカートから覗く生脚』というシチュエーションに惹かれただけなんだ。

男の子だったら、誰でも同じ反応をするから。本当に。

「………そうなの？」

目元を手で覆ってた結花が、ちらっとこちらに視線を向けた。

特に泣いた形跡はない。

嘘泣きだったか、やっぱり。

「本当。二原さんだからとかじゃなく、見えそうだったから、つい視線がいったの」

この説明だと、パンツを見たかった自分を認めたことになるけど――仕方ない。

だってさ、考えてみて？

『二原さんのパンツを見ようとした』と、『見えそうなパンツを見ようとした』。

ほら、意味合いが全然違うからね？

「じゃあ遊くんは、二原さんのパンツが見たかったわけじゃ……」

「ない。断じて違う」

俺は極めて男らしく、言い放った。

このときの俺は、とても凛々しい顔をしていたことだろう。

そんな潔い俺の姿を見た結花は、ゆっくりと口を開けて――。

「…………じゃあ。私の、だったら？」

「はい？」

予期しない流れの連続に、さすがに変な声が漏れてしまう。

そんな反応が恥ずかしかったのか、結花の顔がカーッと赤くなっていく。

「わ、私の……だったら。た、たとえば、二原さんと私が、同じスカート穿いてて、同じ格好で座ってて……そしたら遊くんは……私の方が、見たい？」

たどたどしい口調でそう言うと、結花はそっと自分のスカートの裾に両手を添えた。

そして――ゆっくりと。

スカートの裾がまくれ上がって。

結花の白くて細い、その魅惑の脚が覗いてくる。

やめさせなきゃ。

そう思ってはいるけど……声が出せない。

だって、さっきまでと違って――ドキドキしすぎてるから。

二原さんのときには感じなかった、胸の奥から湧き上がってくる変な感覚が……俺の頭を麻痺させてしまってるから。

「……うー……」

そうして——あともう少しで、スカートの中が見えそうってところで。

ピタッと結花の手が止まった。

「……遊くんの、ばーか。えっちー……」

「いやいや⁉　おかしいでしょ、その言い分は⁉　ハニートラップだよ、これ⁉」

「……うー……ごめんなさーい……」

必死に弁解しようとする俺に対して、結花はぷるぷると身体を震わせながら。

上目遣いに、ぽそっと——呟いた。

「やっぱ、恥ずかしい……」

「当たり前でしょ⁉　いいから、スカートを戻しなってば！」

そんなこんなで。

スカートをきちんと整えた結花は、ソファに飛び込んで、クッションに顔を埋めた。

さすがにやり過ぎて、恥ずかしくなったんだろう。

顔を隠したまま、なんかもごもご言ってる。

「あぅぅ……」

「ったく。変な対抗心を燃やすか……ら……」

言い掛けて。

俺は思わず、言葉をなくした。

――――だって。

無防備にソファに飛び込んだ、結花のスカートが、ぴらっとめくれて……。

「……ん？　遊くん、どうした……の……っ⁉」

結花の絶叫が、家の中に響き渡る。

ぽかぽかと、俺のことを叩きまくってくる。

だけど俺の頭の中は、『白』一色に染まっていて……。

しばらく他に、何も考えることはできなかった。

第17話　【アリラジ　ネタバレ】ゆうなちゃんが言ってる『弟』ってさ……

マンガを黙々と読んでると、俺のスマホからアラーム音が鳴り響いた。

俺は即座にマンガを閉じると、スマホを手に取る。

そしてアラームを消して、急いでパソコンの前に移動した。

あらかじめ開いておいた、ネットラジオの公式サイト。

俺は目を瞑(つぶ)り、深く息を吸い込んで。

――ゆっくりと、音源をクリックした。


「皆さん、こんにちアリス！　『ラブアイドルドリーム！　アリスラジオ☆』――はっじまるよぉ‼」

去年末からはじまった、『アリステ』のネットラジオ――通称『アリラジ』。

この番組の特徴は、決まったMCを設定していないことだ。

毎回、アリスアイドルが二人ずつ、パーソナリティとして呼ばれて。

前半はキャラになりきったトーク、後半は声優によるフリートークが展開される。

『アリステ』ファンにとっては、自分の一推しキャラがパーソナリティになるチャンスが回ってくる、夢のような番組だ。

「それでは、今日のパーソナリティ……まずは、わたくしから。それでは、皆さん？　お金じゃ買えないもの、一緒に探しに出掛けましょう——でる役の『掘田でる』です。よろしくお願いします」

でるちゃんは、ランキング二十位内にいつも入ってる、人気アリスアイドル。

石油王の家庭に生まれて、なんの不自由もなく暮らしてきた彼女は、『お金じゃ買えないもの』が大事だって思い立って。

結果的に、アリスアイドルになり——みんなに『お金じゃ買えない笑顔』を届けようと、日夜頑張ってるんだ。

「そして、もう一人のパーソナリティです」

「くるぞ、くるぞ……」

俺は高鳴る気持ちを抑えつつ、ＰＣをじっと見つめる。

そう、今日のもう一人のパーソナリティは——。

「こんにちはっ！　あ、ちょっと、子ども扱いしないでってばぁ‼　今日はゆうなが、めっちゃみんなを楽しませるから……覚悟してよねっ？　――ゆうな役の『和泉(いずみ)ゆうな』ですっ！　みんな、よろしくねー‼」

ゆうなちゃん――十四歳、中学生。

妹のななみちゃんに誘われて、一緒に応募したのがきっかけで、姉妹アリスアイドルになった普通の女の子。

天真爛漫(てんしんらんまん)で元気いっぱい。ちょっと背伸びしたい年頃で、「大人っぽく」見せようとしては、天然なミスを連発するドジっ子。

ときおり小悪魔っぽく迫ってくることもあるけど、途中で恥ずかしくなってやめちゃうような、ピュアな性格。そして本当は、すっごく甘えっ子。

――正直、ランキングだったら、下から数えた方が早いけど。

ランキングなんて、無意味なものだ。

だって俺の中では、ゆうなちゃんが――いつだって、ナンバーワンだから。

「……ふぅ」

呼吸するのを忘れていたことに気付いて、俺は大きく息を吸い込んだ。

あ、ちなみに。結花(ゆうか)にはお使いに行ってもらってる。

いくら俺が『恋する死神』だと知ってるとはいえ……こんなところ、恥ずかしくて見せられないからな。

椅子の上で、きちんと正座して。

俺はアリラジに、全神経を集中させる。

「こんにちはっ、でるちゃん！」

「ゆうなちゃん、今日も元気いっぱいですね？」

そしてはじまる、ミニドラマ。

「うんっ！　元気なことが、ゆうなの取り柄だからねっ！　ゆうなが笑えば、みんなも笑う‼　そしたら、みんなハッピーでしょ？」

「素晴らしいですね。まさにお金じゃ買えない幸せ……わたくしも、皆さんに笑っていただきたいです」

元気満開のゆうなちゃんと、おっとりほわほわ系でるちゃん。

その見事な案配は、ラジオの空気を素晴らしいものにしている。

控えめに言って、神回だ。

「それにしても……ゆうなちゃん、おっきいですよね？」

「ん？　そ、そうかな……あんま見られると、照れるけどぉ」

「わたくし、石油は家にあるんですけど……胸は、あんまりで。やっぱり大きい方が、いいんですかね……」

「どうかなぁ？　確かに、男の子はおっきい方が好きって、よく聞くけど」

こいつ！　このシナリオ書いた奴‼

いつだったか、結花に『男の子はみんな巨乳派』ってイメージを植え付けた奴だな、絶対⁉

「でも、でるちゃん可愛いからさっ。そんなんじゃ、みんな放っておかないでしょー？」

「その言葉、そっくりそのまま、ゆうなちゃんにお返ししますよ？　わたくしも、ゆうなちゃんみたいな、明るくて素敵な女の子になりたいですもの」

「ゆうなは、もうちょい、おしとやかだったらなぁ……とか思うよ？　でるちゃん、めっちゃ大人っぽいからさぁ。ゆうなも、もっと大人っぽさ、身につけてやるんだからっ‼」

そのままで可愛いよー‼

子どもっぽいところも、大人に憧れるところも、全部可愛いよー‼

っていうか、ゆうなちゃんが存在するだけで、世界は幸せで満たされてるんだよ？

出逢(であ)ったあの日から、ずっと——俺はゆうなちゃんに、『恋する死神』だから。

◆

そして、番組も中盤に差し掛かり、フリートークコーナーになった。

「どーも。掘田でるでーす。こんにちはー」

「こんにちはっ！　和泉ゆうなですっ！　は、初めましてですっ‼」

「ゆうなちゃん、緊張しすぎだってー。初めましてじゃない人もいるよ、絶対」

「あ、そうですよね……は、初めましてじゃないですっ‼」

テンパり方がすごいな。

フリートークは、キャラとはまた違った声優同士の掛け合いが醍醐味(だいごみ)になっている——らしい。

らしい、っていうのは。

本来の俺は、中の人にそこまで興味がないから……ミニドラマだけしか、聴いてなかったんだよね。

でも、今回は違う。

だって、いつも一緒に暮らしてる——俺の嫁が、出演してるんだから。

「ゆうなちゃんは、わたしと同じ事務所の後輩なんだよー」

「はい！　掘田さんには、いつもお世話になってます!!」

「あれ？　確か、地元は関東じゃないよね？　一人暮らしなんだっけ？」

「あー……前までは」

「前まで!?　あ、やばいの聞いちゃった？　カットする？」

「ち、違いますよ!?　最近、弟もこっちに来たんですよ。それでほら、家賃とかもったいないから、一緒に暮らすことになって」

「あー。じゃあ、ゆうなちゃんと弟くんの、二人暮らしってこと？」

「はい、そうです！」

「うっわ……えろ」

「えろ!?　なんでですか、弟ですよ!?」

「だってさぁ……弟くん、学生さん？」

「はい、高校生」

「ふーん、えっちじゃん」

「えっちじゃないです！　掘田さんの発想の方が、よっぽどやばいですからね!?」

必死に否定する結花。

その慌てる感じに合わせて、第三者の笑い声が挿入される。

だけど――視聴者である俺の心臓は、ドクドクと早鐘のように鳴り続けて止まらない。

えっと。

だって、結花は今、俺と生活してて。

きょうだいは今でも、地元の方にいるはずで。

しかもさっき、『高校生』って言ってたよね？

ちなみに俺も、高校生。

――――つまり？

「私の弟は、とっても紳士なんです。掘田さんの妄想で、穢さないでくださいっ！」

間違いない。

これ……俺の話だ。

「何それ。わたしがやばい人みたいに言わないでよ。普通にね？　こんな可愛いお姉ちゃんが、家にいてみ？　健全な高校生だったら、ドキドキするんだって！」

「まぁ普通に仲はいいと思いますけど……でも、そんな変な目で私のこと、見てこないですよ？　弟はいつも、二次元にしか興味ないって、言ってますし！」

「それはそれで、やばい子じゃない？」

『弟』の皮をかぶせて『許嫁』の話をしてる——なんという根性。

綿苗結花……おそろしい子。

「ちなみに、どんな感じで仲良しなの？」

「えっと。一緒にアニメ観たりとか。学校も二人で行ってますね」

「めっちゃ仲良しじゃん！　それ、やっぱり弟くんドキドキしてるって‼」

「んー、私の方がドキドキしてると思います！　えっちな意味じゃなくて、大好き的な意味で‼」

ＯＫ、俺は吐血した。

実際に血は出てないけど、吐血したようなもんだ。

こんなのもう、公開処刑でしょ。

バレたら、全国のファンに殺されるよ……本当に。

「ゆうなちゃん、弟くん大好きなんだ」

「はい、大好きです！」

「ちなみに、ゆうなちゃんの弟って、芸能人の誰に似てるとかある？」

「わんこ‼」

「芸能人って言ったんだけど⁉」

掘田さんのツッコミをものともせず、結花は捲し立てるように話し続ける。

「普段はですね、ゴールデンレトリバーみたいなんですっ！　私よりおっきくて、格好良くて、なんか護ってくれる感じで。なんですけど、なんですけどね⁉　ときどき、なんていうか……チワワみたいなんですっ！　ふはぁ、可愛い……食べたい……みたいな？　もう可愛い好き！　みたいな？　分かります、この感じ⁉」

「お、おう……」

事務所の先輩が、完全にドン引いてるけど⁉

気付いて！　そしてもうやめて、結花‼

「最近、一緒に寝てるんですよ！」

「一緒に寝てるんだ⁉　弟だよね⁉」

「はい、弟です！　それである日、夜中に目が覚めちゃったんですよ。そしたら隣で、すうすぅ寝息を立ててる弟がいるじゃないですか？　それが、めっちゃ可愛くて！　もう大好き、って思って‼」

俺が寝てるとき、そんなこと思ってんの⁉

っていうか、これネットラジオだよね？　全国からアクセスできるんだよね？

これ以上、俺の情報を流布(るふ)するのはやめてくれ……本気で。

だけど結花は、自重することなく爆弾トークを続ける。

「それで私、我慢できなくなって」

「え？　我慢って、ひょっとして」

「はい……やっちゃったんです」

「ヤっちゃったの⁉」

「はい……寝てる弟に、こっそり」

「ヤっちゃったの⁉」

「駄目、ですかね？」

「法律的にも、番組的にもね！」

結花の自由すぎるトークによって、掘田さんのテンションが完全にぶっ壊れた。

っていうかこれ、よくお蔵入りしなかったね？

「え……ちなみに、どこまで？」

「え。ちょっとですよ？　先っぽだけ……」

「全部だったー‼」

――――え？

え？　え？　先っぽ？　俺の先っぽ？

俺の先っぽは、知らぬ間に『童』を卒業していた……？

結花の言動が暴走。俺の脳内は妄想。

あぁ……そっか。

俺はもう、『漢』になってたんだなぁ。

そういうのはまだまだ、先のことだと思ってたけど。そっかぁ。

さようなら、子どもだった自分……。


「ほんと、先っぽだけですよ？　指の先っぽで、こう……弟のほっぺたを、ぷにって」


「……はい？」

掘田さんの声と俺の声が、完全にハモった。

だけど結花は、変わらないテンションで語り続ける。

「だから、可愛い寝顔だなーって思ったら、我慢できなくて。ほっぺたをぷにって、一回つっついちゃったんです」

「……ほぉ」

「あ、疑ってますね？　それ、疑ってる目ですね？」

「いや、はぁ……」

「さすがです掘田さん！　ごめんなさい、嘘でした。数十回は、ぷにぷにしました!!」

「あ、そう……」

「ふわぁ、ぷにぷにだぁって萌え死ぬところでした!!　ああ、こうして話をしているだけであの柔らかさを思い出し」

「はい、ＣＭ入りますー」


『今すぐリタイア！　マジカルガールズ』のブルーレイが、早くも発売決定！

一巻の初回生産版には、ミニドラマ『サーモンピンクな日々』を収録。

魔法少女三人の声優による、サイン入り缶バッジもついてきて、なんと六千三百円。

あたしたちの活躍、ちゃんと見なさいよ？　マジで。

買わない奴は――お掃除しちゃうゾ☆

◆

「ぎゃあああああああああ⁉」

「うわぁ⁉」

唐突に挟まれたＣＭを聴きつつボーッとしてると、絶叫が響き渡った。

慌てて振り返ると、そこには買い物袋を床に落とした結花の姿が。

その唇はわなわなと震えていて、眼鏡の下の瞳はうるうるしてる。

「え、なんで、ちょっ……これ聴いちゃ駄目って言ったのに！」

結花は素早く俺のところまで駆け寄ってくると、ＰＣを強制シャットダウンさせた。

「ああっ⁉　まだ残り五分くらいあったのに‼」

「ばーか！　聴かないでって言ったのに、なんで聴いてんの⁉」

「逆にだよ？　なんで俺が、ゆうなちゃんがパーソナリティの神回を、聴かないって思ったの？」

「開き直んないの！」

いつにない剣幕で、結花が詰め寄ってくる。

「……ひょっとして、さっき『買い物に行っておいでよ。三十分くらい』って言ったの、このためだったの？　信じらんない……私がいない隙を狙って、こんな裏切りを‼」

「え。なんでそんな、他の女を家に連れ込んだみたいなテンションなの？　結花のいないところで、結花の出てたネトラジを聴いてただけで……」

「恥ずかしいからに決まってるでしょっ‼」

ビシッと人差し指を立てて、結花はぷっくりと頬を膨らませる。

そして――ぼそっと呟いた。

「……私、調子に乗って遊くんのこと、話しまくってるし。それに……バレちゃうから」

「えっと……俺が寝てるときに、俺のほっぺたを」

「あー、やっぱりバレてるじゃんかー‼　ばかー‼」

両腕をぶんぶんと振り回して、ぷんぷんしてる結花。

そして次の瞬間には……しょんぼりとうな垂れはじめた。

「嫌いになった？」

「なんで？」

「寝込みを襲ったから」

「いや、まぁ……ほっぺただけだし……」

「え？　いいの⁉」

一転して、今度はキラキラとした瞳でこちらを見てくる結花。

そして、そーっと左手を挙げると。

「……すみませーん。じゃあ、ほっぺただったら、触ってもいいんですかー？」

「何その確認⁉　そういう質問のされ方すると、なんか躊躇（ちゅうちょ）するな⁉」

「しゅん……」

「あからさまに落ち込まないの！」

「じゃあ、いいのっ⁉」

「だーかーら……」

こうして。

俺と結花の『ほっぺたを触っていいか』問答は、三十分くらい続いたのだった。

あ——ちなみに。

アリラジの続きは、結花の入浴中にちゃんと消化しました。

第18話　看病しようとした俺、おかゆが作れなくて無事死亡

「はい。それは『大スキピオ』だと思います」

急に先生に当てられたにもかかわらず、結花は事もなげに答えを口にした。

そして結花は席につこうとして……。

ガンッと、机に肘をぶつける。

「あ……ごめんなさい……」

ぺこりと頭を下げると、結花は着席して、慌てたように教科書を開いた。

「…………？」

そんな一連の行動に、俺はなんとなく違和感を覚える。

なんだろう……許嫁の勘ってやつかな？

◆

「げほっ！　げほげほっ‼」

「あー……やっぱり」

帰宅してすぐ。

俺は強引に体温計を手渡し、結花に熱を測らせた。

表示された数字は、やはりというか、明らかに平熱より高い。

「結花……絶対これ、風邪引いてるでしょ」

「ひ、引いてないもん！　一時的に、原因不明で、体温が上がってるだけだもん‼」

「そっちの方が怖いでしょ⁉」

なんでそんな頑なに、風邪だって認めようとしないんだ。

「もういいもん！　夕飯作るからっ‼」

「待て待て！」

ふらふらとした足取りで台所に向かおうとする結花を、俺は慌てて制した。

「むー！　邪魔しないのー、結花がご飯作るのー‼」

「いいよ。今日は俺が作るから」

「ご飯作るのは、結花の仕事なのー！　遊くんは、それを食べるのが仕事なのー‼」

「だって、調子悪いんだからさ」

「悪くないもん！　やる気いっぱいだから、身体が熱いんだもんねっ‼」

「それ、熱だから。白血球が戦ってるところだから」

頬は赤らんでるし、ときどき咳き込んでるし。

ってか全体的に、喋り方もなんか退行してるし。

明らかな体調不良だってのに、結花は頑として意思を曲げようとしない。

だけどなぁ。こんなにぐったりしてるのに、夕飯を作らせるとか、さすがに……。

「あ」

「なぁに？　言っとくけど、私はなんと言われようと、自分の仕事をまっとうするんだからねー‼」

「結花、これさ……『夫婦の特殊イベント』が、発生してるんじゃない？」

「……夫婦の、特殊イベント？」

そのフレーズに、結花がピクッと反応する。

よしっ、摑みはよさげだ。

「そう。普段は夫を労るお嫁さん。だけど、そんな彼女が、体調を崩してしまった」

「うんうん」

「そこで夫は考えた。『いつもお互い、自分の役割しかしたことがない』と。こんなときこそ、役割を交換するイベントをこなしてみてはどうかと」

「私たち……」

「入れ替わってるー‼」

「――的なやつ？」

「ちょっと違う気もするけど。まぁ、大体そんな感じ」

ここまで交渉しても、結花はアゴに手を当てて「でもなぁ……」って唸ってる。

まったく、強情なんだから。

だけどさすがに、結花の体調を思うと、ここは譲れない。

俺は意を決して、結花の両肩に手を置いて、顔を覗き込んだ。

「結花」

「ふぁ、ふぁい⁉」

鼻先が触れ合いそうなほどの距離感に、結花は顔を真っ赤にした。

そんな結花を見つめたまま、俺は説く。

「夫婦は、助け合いでしょ？　結婚したとき、嫁が弱ってて夫が助ける場面も、出てくると思うんだ。だから、嫁の務めとして――結花。俺に看病されてくれ」

「ゆ……遊くんのてくにっくで、かんびょー、されちゃうのー？」

「なんかニュアンス違うな⁉　ってか、呂律回ってなくない⁉」

「わかんにゃいけどー……遊くんに、かんびょうされるー……」
こうして、どうにか結花から合意が取れたタイミングで。

――ゆうかは　めのまえが　まっくらに　なった！

◆

取りあえず、うなされてる結花を寝室に運び、布団を掛ける。
それから氷枕を頭の下に置いて、額に冷熱シートを貼ってあげた。
枕元には麦茶入りのマグカップ。これで、目を覚ましたときの水分補給も大丈夫。
念のため、ゼリー飲料も置いておく。
うん。ひとまずの看病態勢は整った。
……ここからが、本当の地獄だ……。
「夕食……作るとは、言ったけど」
自慢じゃないが、俺の料理レベルは、未だに初期設定のまま。
一応、一人暮らしもしてたけどさ。

壊滅的な下手さに諦めて、コンビニで買ったり外食したりで済ませてたからなぁ。

とはいえ、相手は病人の結花だ。

さすがに消化にいいものを、作ってあげないとな。

——よしっ！


「……あ。もしもし、那由？」

『……はぁ。なに？』

スマホの向こうから聞こえる妹の声は、開口一番から不機嫌そうだった。

だけど今、俺が頼れるのは——那由だけだから。

「あのさ、結花が体調崩してて。それで、何か消化にいいものを作ってあげたいんだけど。那由、確か料理とかそれなりにできるだろ？」

『普通に、できるし』

「じゃあそれを、俺に伝授してくれ！」

『やだ。めんどい』

「そこをなんとか、教えていただけないですかね？」

『や。普通に、それ妹に聞く？　なめてんの？　一人暮らししてたよね？』

「それを言われると耳が痛いけど。ほら、今回は非常時だから……」

『ググれマジ』

――ガチャッ。

無慈悲にそう言い残して、那由は容赦なく通話を切りやがった。

なんという薄情な妹。

「はぁ……仕方ない、ググるしかないか……」

キッチンに手をついて、俺は深いため息を漏らす。

……と。

キッチンの隅に、一冊のノートが置かれてることに気が付いた。

表紙には『結花のひみつのレシピ本☆』と書かれている。

「レシピ本……？」

☆結花ちゃんカレー☆
①野菜の皮を剝(む)いて、一口サイズに切ります！　お肉も一緒のサイズだよ！
②フライパンにサラダ油をひいて、中火でお肉を炒(いた)めます。先にお肉、注意‼

③野菜をドバッと入れて、炒めます。■ポイント　たまねぎが透き通るくらい■
④水を入れて、十五分から二十分くらい、ぐつぐつ。
⑤ルーを入れて、全部溶かしちゃう。それで十分くらい煮込んで……。
⑥じゃーん、完成っ‼

「何これ……」

無邪気さが滲(にじ)み出てるそのレシピ本は、結花らしすぎて――思わずほっこりする。

ゆうなちゃんも、こういうことしてそう。

やっぱキャラがかぶってるよな、結花とゆうなちゃん……。

「あ。っていうか、これ……使えるかも」

そうして。

俺は『結花のひみつのレシピ本☆』を、読み込むことにした。

◆

「――――ん」

「あ。おはよう、結花」

「遊く……あれ？　私ってば、いつの間に寝ちゃってた⁉」

結花が慌てて上体を起こす。

おでこから、はらりと冷熱シートが剝がれ落ちた。

「え、これ……」

結花が目を丸くして、布団のそばに置かれた『それ』を見る。

そんな結花の反応が恥ずかしくって、俺は顔をそむけた。

「この、おかゆ……遊くんが作ったの？」

「まぁ、うん。そう、かな」

「食べて、いいの？」

「……味の保証はしないけど」

そう言いつつ、俺は毛布を結花の肩に掛けた。

結花はおそるおそるスプーンを手に取り、茶碗からおかゆをすくう。

「……げほっ！　げほっ⁉」

口におかゆを含んだかと思うと、結花は一気にむせ返った。

俺は慌てて、麦茶の入ったコップを差し出す。

麦茶を一気飲みしてから、結花は「もぉ」と唇を尖らせる。

「お塩入れすぎだよ。むせちゃったよぉ」

「あれ、そっか……やっぱレシピ本にあるやつ、作ればよかったかな」

「レシピ本？」

最初、俺は『結花のひみつのレシピ本☆』から、おかゆの作り方を探そうとした。

だけど、レシピ本のどこにも、おかゆの作り方は書いてなくって。

かといって、カレーとかシチューじゃ、消化によくないしなぁなんて悩んで。

困りに困った俺は——もう一度、那由に電話をした。

『あたし、おかゆのために、生まれてきてないし』

あえなく撃沈。

しかも着拒にまでされた。

で、結局……ネットで調べて、自力でそれっぽく作ることしかできなかったんだ。

「遊くん、一人暮らししてたんだよね？　おかゆだよ？　レシピ本に書いてないのは、基本中の基本だからっていうか……ほんとに料理しなかったんだね」

「面目ない……」

風邪で寝込んでる嫁を、満足に看病もできない自分に、ちょっと凹む。

けれど、結花はくすっと笑って。

「遊くん。そのおかゆ、ちょーだい？」

「え？　だって、辛いんだろ？　無理しない方が」

「んー……でも、なんかそれ食べたら、元気出そうな気がする。一口だけでもほら、ちょっと表情良くなったでしょ？」

「……そう、かな？」

「ってことで。あーん」

「はい⁉」

結花が急に目を閉じて、俺の方に顔を突き出してきた。

そして薄目でこちらを見ながら、ご機嫌そうにぴょこぴょこ身体（からだ）を動かしている。

「あー、だるー。スプーンも持てないおとしごろー。誰か食べさせてくれないかなー。食べないと餓死してしまうー。あー」

「さっき、自分で食べてたような」

「それはドッペル結花だね。別人、別人」

ぺろっと、いたずらげに舌を出して笑う結花。

俺は諦めのため息を吐（つ）いてから、スプーンを手に取った。

「はい、結花。あーん」

「あーん！　もぐもぐ……おいしーっ！」

超高級レストランのフルコースでも食べたみたいに、結花はオーバーに喜ぶ。

塩を入れすぎた、しょっぱい出来のおかゆなのに。

そして結花はお茶を飲みつつ――おかゆを完食した。

「ごちそうさま。ありがとう、遊くんっ！」

「あ、う、うん……」

そのまっすぐな笑顔が、なんか照れくさくて。

俺は下を向いて、自分に言い聞かすように呟いた。

「……次こそは、おいしいもん作れるように頑張るから」

こんな情けない俺だけど。

許嫁として――ちゃんと彼女を、支えてあげなきゃって思うから。

「……遊くんの、そんな優しいとこが、大好き」

結花がぽそっと呟いたけど。

返事をするのは恥ずかしすぎたから――俺は聞こえないふりをした。

第19話　【超絶悲報】ゲームと学校のイベント、ダブルブッキングしてしまう

「ふん、ふふーん♪」

リビングでのんびりしてると、結花(ゆうか)が部屋からご機嫌で出てきた。

両手にかかえてるのは、見たことのない服。

それを目の前で、ふりふりと揺らしている。

完全にツッコミ待ちな感じだな、これ。

「遊(ゆう)くん、問題ですー。これは、なんでしょうー？」

「最近買った服？」

「ぶぶー。違いますー」

結花はニヤッといたずらな笑みを浮かべる。

「正解はね。今度のイベントで着る、衣装でしたー‼」

「なん……だと……？」

イベント用の衣装？

それって、まさか——。

「結花……『アリステ』のイベント、出るの⁉」

言っちゃなんだけど……ゆうなちゃんは、人気ランキング下位の常連。

俺は大好きだけど、イベントに出してもらえるほど、メジャーなキャラじゃないはずなのに⁉

「本当は、掘田さんが出る予定だったんだけど、無理になっちゃって。だから急遽、私ともう一人、同じ事務所のアリスアイドルが出演することになったの。代打だけどね」

「それでもすごいって！　良かったね、結花‼」

「うん！　ありがと、遊くん‼」

色んな経緯があるにしても。

いよいよ、ゆうなちゃんもイベントに抜擢されるほどになったのか……。

感慨深すぎて、思わず涙が滲んでしまう。

「というわけで……じゃーん！　ゆうなのステージ衣装を再現した服でーす‼」

ガタッとノーモーションで立ち上がると、俺は結花のそばに駆け寄った。

ピンクのワンピースドレスには、ところどころにレースの装飾がされていて。

スカートの左側には、黄色い大きなリボンがつけられている。

控えめに言って、天使の羽衣だった。

「遊くん、どう？」

「鼻血出そう」

「えっ⁉　ごめん、さすがに血がついたら怒られちゃう‼」

俺の発言に驚いて、結花は慌てて衣装を自分の方に引き寄せた。

そして、ちらっと俺の方に視線を向けて。

「んーとね……着てるとこ、見たい？」

ゆうなちゃんと同じ格好で、スマイル満開な結花を想像する。

――――。

「遊くん？」

結花がちょんちょんと、俺の肩をつついてきた。

だけど俺は、何も言うことができなくって。

「……ふーんだ。遊くんのばーか。もう見せないもんだ」

「あ、い、いや。その……」

「見たくないんなら、いいもーんだ」

そして、べーッと舌を出したかと思うと。

結花はバタンとドアを閉めて、隣の部屋に行ってしまった。

ずきっと、胸が痛むのを感じる。

「結花、ち、違うんだよ！　なんていうか……」

見たいか見たくないか。

そんなの、当然……見たいに決まってる。

だけど、怖くもあるんだ。

ゆうなちゃんと同じ格好で、スマイル満開な結花なんて見ちゃったら。

二人の姿が、完全にダブってしまいそうだから。

もう二次元しか好きにならないって決めた心が――揺らいでしまいそうだから。

………………でも。

言い訳だよな、そんなの。

「……見たいよ」

意を決して、俺はドアの向こうの結花に向かって、言った。

「結花がステージ衣装を着てるところ。一番に……見せてほしい」

ガチャッと、ドアが開いた。

「もぉ！　ゆうなのこと待たせるなんて、ありえなさすぎなんだからねっ‼」

そこにいたのは――ゆうなちゃんに瓜二つ（うりふた）の、結花だった。

頭頂部でツインテールに縛った茶色い髪。

きゅるんっと、猫みたいに丸まった口元。

イベントガチャで見たことのある、ピンクのワンピースドレスが、目に眩しい。

そして、黒のサイハイソックスとスカートの間には――数センチほどの絶対領域。

あまりの可愛さに、俺は言葉を失う。

「今回のイベントはね、最後に全員でテーマソングを歌うのっ！　そこでゆうなは、これを着て……歌って踊るんだ‼」

「行く。絶対、行く」

なんならチケットは、既に購入してある。

ゆうなちゃんが出るとは思ってなかったけど、マサと行く約束をしてたんだ。

「絶対、観に行く。『恋する死神』はいつだって、ゆうなちゃんを応援するって決めてるから」

「うん！　遊くん……んーん、『恋する死神』さん！　いつも応援、本当にありがとうございます‼」

イベントは、再来週の日曜日か。

早く当日にならないかな。

楽しみすぎて……それまで、眠れない日々が続くかもしれない。

◆

翌日。

いつもどおり登校した俺と結花は、それぞれの席についた。

「おい、聞いたか遊一(ゆういち)⁉　再来週の『アリステ』のライブ……らんむ様とゆうな姫が、緊急参戦決定だぜ⁉　アーユーレディー⁉　イエ――――イッ‼」

着席と同時、マサが凄(すご)いテンションで叫んだ。

その上、飛び跳ねまでするもんだから、何事かと思った周りがざわつきだす。

「お前、ちょっとは落ち着けよ……」

「逆にお前はなんで、そんなに落ち着いていられるっ⁉　お前の嫁がライブに初参加だろうがっ‼　テンションを上げろ、テンショ――」

「倉井(くらい)！　席につけっ‼　テンション高すぎだろ‼」

一人で大騒ぎしてたマサが、教室に入ってきた担任に、一喝される。

郷崎(ごうさき)先生の迫力に肩を落とし、マサはとぼとぼ自分の席に戻っていった。

「……郷崎先生にテンションのことで怒られるとか、倉井ウケるね」

斜め前の席から、二原さんが笑いながら話し掛けてくる。

確かに。絵に描いたような熱血教師にテンション高いって怒られるとか、マサはちょっと自分を見つめ直した方がいい。


「――よしっ、決めたっ！」


ホームルーム中、そんなことを考えていると。

郷崎先生が急に、大きな声を上げた。

そして、ビシッと――結花のことを指差す。

「…………？」

クラスメート全員の頭に、クエスチョンマークが浮かんだ。

結花は表情こそ変えないものの、疑問に思ったのか尋ねる。

「……何を、決めたんですか？」

「ボランティアを、やってもらおうと思ってね！」

ボランティア？

みんながキョトンとするのもおかまいなしに、郷崎先生は続ける。

「先生の知り合いが、近くの保育園で働いてるんだけどなっ！　そこでボランティアをさせてもらえないかって、頼んでみたんだよっ‼　そのボランティアを——綿苗結花！　君に、やってもらいたいんだ‼」

「……保育園のボランティア、ですか？」

結花は怪訝な顔をして、首をかしげる。

そんな結花を満足そうな表情で見ると。

郷崎先生はガッと、結花の肩を摑んだ。

「そう。園児たちと楽しく関わることができる、素晴らしい時間だよ。先生は是非！　それを君に、頼みたいんだ‼」

「えっと……」

「再来週の日曜日、保育園に行ってくれ！　詳しい説明は、そのときにあるからさ！」

「え……⁉　再来週の、日曜日……」

結花の瞳が、僅かに揺れた。

だけど——結花は、何も言わなかった。

言えなかったんだと、思う。

学校での結花は、あんまり人と話すのが得意じゃない……そんな子だから。

再来週の日曜日。

その日は――『ラブアイドルドリーム！　アリスステージ☆』のイベント当日。

結花が『和泉ゆうな』として出演することが決まった、晴れの舞台の日だ。

「じゃあ、綿苗。頼んだぞー」

「ちょっ……先生！」

気が付いたら俺は、跳ねるように立ち上がって、声を上げていた。

「……佐方？」

「遊一、どした？」

二原さんとマサが、きょとんとして俺のことを見てる。

クラス中の視線が、俺の方へと集中してる。

その空気に気圧されて……唇が震えて、うまく言葉が出てこない。

「佐方、何か先生に用があるのかー？」

「…………いえ」

結局、俺はそのまま席につき、ホームルームは終わりを告げた。

──ちらっと、結花の方に視線を向ける。

結花は唇をキュッと、噛み締めて。

ただじっと、俯いたまま座っていた。

◆

「先生！」

「ん？　佐方か、どうした？」

休み時間。

俺は周りに誰もいないのを確認してから、郷崎先生に声を掛けた。

きょとんとした顔をしてる郷崎先生。

こういうタイプの先生と話すのは、あんまり得意じゃないんだけど。

四の五の言ってはいられない。

「どうして綿苗さんに、決めたんですか？」

「ああ。ボランティアのことか」

郷崎先生はニカッと笑って、こちらに歩み寄ってきた。

そして、俺の肩をガッと摑んで。

「佐方か綿苗か、どっちか迷ったんだけどな」

まさか自分の名前が出てくるなんて思ってなかったから、少し戸惑う。

「……なんで、俺と綿苗さんで？」

「佐方と綿苗は、似てるだろ」

先生が、急にそんなことを言うもんだから。

俺はさらに動揺した。

「ど、どこが似てるんですか？　俺と綿苗さんは、ほとんど話したことないし……タイプだって、全然違うと思いますけど」

「確かに、違うタイプだ。だけど同時に、似たところがあるんだよ」

「……どういうことですか？」

禅問答みたいなことを言う郷崎先生に、俺は段々と苛立ち(いらだ)を覚えてくる。

そんなこちらの気持ちを、理解しているのかいないのか。

郷崎先生は、得意げに人差し指を立てながら続ける。

「佐方は、人当たりこそいいけど、倉井以外とは深い関わりを持たないだろ？　綿苗はディスコミュニケーションが多くて、人との距離感がうまくない。先生はな、人とのコミュニケーションこそ、大人になるのに一番大事だと思ってる。だから、二人を見てると――心配になるんだよ」

的を射たその発言に、俺はドキッとする。

ハイテンションで、ただ熱血なだけの先生だと思ってたけど。

まさかそんなところまで、生徒のことを見てるなんて……。

「綿苗は、人と喋るときに硬すぎる。あのままだと、人生で絶対に苦労すると思うんだ」

「で、でも綿苗さんは……‼」

――ゆうなちゃんとして、みんなにいっぱい、話し掛けてくれてるんです！

言いたい。だけど、言えない。

これは俺と結花だけの、秘密だから……。

「でも、なんだ？」

「いえ……なんでもないです」

「先生のクラスで、コミュニケーションの苦手な二人。綿苗と……佐方。先生はお前たち二人に、もっと学校の楽しさを知ってほしいんだよ」

言いたいことは分かった。

心配してくれてるのも分かった。

だけど同時に——ありがた迷惑だとも思う。

親父が母さんと離婚したとき、結婚に夢を見ることを諦めた。

中三で手痛い失恋を経験したとき、俺は二次元にだけ生きるって決めた。

そして、俺がそうであるように、結花にもきっと——何か過去があるんだと思う。

人はそれぞれ、何かを抱えていて。

それぞれに、生き方があるんだ。

だから俺は——みんなを同一に捉える郷崎先生の意見には、納得できない。

「学校が、学生にとって一番楽しい場所、じゃなきゃ……駄目なんですか？」

俺は唇を噛み締めて、絞り出すように言った。

そしてギリッと、先生のことを睨みつけて——。

「郷崎先生、佐方くん」

そのときだった。

ポニーテールを翻し、眼鏡をくいっと直しながら。

学校仕様の結花が、ゆっくりとこちらに近づいてきた。

「ゆ……綿苗、さん」

ちらっと俺の方を一瞥する結花。

その顔は、家と違って無表情だけど……なんだか「ありがとう」って言ってるような。

そんな気がした。

「……先生。聞こえて、ました。先生は私に……社会経験を積ませたいんですね？」

「そういうこと！　保育園児なら、同年代より関係が作りやすいはずだから‼　先生はね、このボランティアで綿苗に……みんなと一緒に、笑える子になってほしいんだ」

「……そうですか」

結花はふっと、視線を落とした。

その瞳は僅かにだけど――潤んだように揺れていた。

「分かりました。やります」

――社会経験を積む？

結花は、『和泉ゆうな』だぞ。

俺たちなんかよりよっぽど、苦労しながら。

たくさんのファンに、笑顔を届けてるんだぞ？

——みんなと一緒に、笑え？

結花は俺の前では、いつだってニコニコしてるぞ。
ゆうなちゃんを演じるときだって、いつも楽しそうな声をしていて。
たくさんのファンと一緒に……笑ってるんだぞ？

学校の枠だけで、綿苗結花を決めつけて。
ありきたりな檻にぶち込んで、彼女の大事な時間を奪うんなら。
そんな窮地の『嫁』を助けるのは。

——『夫』の役目、だよな？

「先生」
俺は結花の前に歩み出て、はっきりと告げた。

「俺がやります。その保育園のボランティア」

　結花が目を見開く。

　郷崎先生も、窺うような目でこちらを見てる。

「佐方。どういうことだ？」

「先生の言い分だと、俺にもコミュニケーションの課題があるんでしょう？　だったらまずは、俺からやらせてください。それとも、俺じゃ駄目な理由がありますか？」

　堂々と啖呵を切ってみせる。

　そんな俺の態度を、どう捉えたのか——郷崎先生は、嬉しそうに笑って。

「分かった——じゃあ再来週のボランティアは、綿苗じゃなくて……佐方。お前に行ってもらうっ‼」

◆

「ごめんね、遊くん……私のために」

　郷崎先生が立ち去ってから、結花は申し訳なさそうに頭を下げてきた。

「私がもっとクラスに馴染めてたら、郷崎先生もあんなこと、言わなかったのに……」

「結花が、もっとクラスに馴染めてたら。きっと——俺と結花は、許嫁同士にならなかったと思うよ」

俺はそう言って、結花に向かっておどけてみせた。

「俺、いつもゆうなちゃんに元気をもらってばっかでさ。何もしてあげられてなかったから。これは、ただの——恩返しだよ」

「遊くん……」

「おーい、佐方と綿苗さーん！　なぁにやってんのぉー？」

そんなやり取りをしてるところに、二原さんがひょこっと現れた。

「に、二原さん？」

「二人きりで話してるなんて、めずらしーね？　なんの話してたん？」

そう言って、結花の顔を覗き込む二原さん。

や、やばい……俺たちの関係が、バレちゃう……かな？

「……別に？　佐方くんが、ボランティアを代わりたいと。それだけです」

先ほどまでの泣きそうな顔が嘘みたいに。

結花は、いつもの無表情に戻って、淡々と言ってのけた。

「ん？　佐方がやんの？　ボランティア？」

「ええ。やりたいって」

そう言って、結花はくるっと踵（きびす）を返した。

「ねぇ、佐方――綿苗さん、なんか機嫌悪い？」

「さ、さぁ？」

郷崎先生は、結花の一面だけを見て、コミュニケーション苦手とか言うけど。

素の結花は、こんなに色んな顔を持っていて。

いつだって頑張って、人と関わってるんだ。

「ボランティア、やりたいん？　佐方にしては、珍しくね？」

「そうかな……案外こういうの、得意だよ」

だから俺は、そんな結花を陰ながら支えてみせる。

それが許嫁としての務めで。

――大好きなゆうなちゃんへの、愛情表現だから。

第20話 【衝撃】休日にボランティアを強いられた結果……

「じゃあ、遊くん。行ってくるね」

「うん。イベント、頑張ってね」

ヒールを履いて手荷物を持つと、結花はぺこりと頭を下げた。

「本当にごめんね……遊くん」

「大丈夫だって。俺、こう見えても子どもと遊ぶの、意外と得意なんだから」

「そうかなぁ。遊くん、子どもに遊ばれちゃいそうな気がするけど」

「遊ばれたら、そのときはそのときだよ」

頷きはするけど、結花は相変わらず浮かない顔。

イベント前なのに、そんなテンションでどうするんだよ。まったく。

俺は自分のスマホを取り出すと、ＲＩＮＥの送信ボタンを押した。

――ブルブルッ♪

「結花、スマホ見てよ」

「え？」

■ペンネーム『恋する死神』より■

ゆうなちゃん、おはよう！　今日は待ちに待った、『アリステ』のイベントですね!!　まさかこんなに早く、ゆうなちゃんがイベントに出るなんて……正直、感動しました。一番のファンを自称する自分としては、嬉しい限りです。緊張してませんか？　緊張しすぎると、せっかくの笑顔が台無しになるから……リラックスして、いつもの可愛(かわい)いゆうなちゃんを、みんなに見せてくださいね！

結花がゆっくりと、顔を上げる。

そして、コンタクトレンズを入れてる透き通った瞳で、俺を見つめて。

「……『恋する死神』さん、いつもありがとう。今日もゆうなは、ゆうならしくっ！　全力で頑張ってくるねっ!!　ちゃんと応援しないと――怒っちゃうよぉ？」

そして、ゆうなちゃんは――結花は笑った。

その笑顔に、もう曇りはなかった。

「行ってきます、『恋する死神』さん」

「行ってらっしゃい、ゆうなちゃん」

挨拶を交わす。手を振り合う。

そして結花は、イベント会場へと出掛けていった。

「ふぅ……」

俺も早く準備しないと。ボランティアに遅刻しちゃうし。

だけど――少しだけ。

天井を見て、ぼんやりと思う。

ゆうなちゃんの、初めての大舞台。
本当は間近で観て――いっぱい、応援してあげたかったけどな。

◆

保育園に到着すると、見知った顔が一人、子どもと戯れていた。

「おーい。それやったら、砂山崩れるってぇ！　あー、ほらぁ‼」

茶色いロングヘアをお団子状に縛って、青地のエプロンを身につけて。

ギャップばりばりな格好のギャル――二原さんは、なんだか楽しそうに遊んでいた。

「よっしゃあ。じゃあ次は、鬼ごっこすんよー。うちが鬼やるから、全員覚悟ねー？　うちの鬼ごっこはねぇ……捕まえた子を、食べちゃうかんねー‼」

「すごい馴染んでるね、二原さん……」

「お、佐方！」

ノリノリで子どもたちと遊んでた二原さんは、俺の存在に気付くと、近くにいた三十代くらいの保育士さんに声を掛けてくれた。

「こっちが佐方っす。二人で頑張るんで、よろしくお願いしまーす！」

「あ、え。えっと……お願いします」

おじぎを終えると、二原さんは子どもたちのところへ、そそくさと戻ろうとする。

ちょっと待ってって。

「なんで二原さんがいるの？　綿苗さんがやる予定だったのを、俺が代わったでしょ？」

「うん、そうー。でも昨日、『うちもやってみたいっすー』って言ったら、郷崎先生が二つ返事でＯＫしてくれたからさぁ。参加させてもらったわけよ」

え、何それ……だったら二原さん一人で、よかったのでは？

邪悪な感情が渦巻きかけたけど、まぁ……コミュ障二人のどっちかは絶対参加だったんだろうな。郷崎先生的には。

「ってかさ。マジで佐方、なんで綿苗さんとチェンジしたん？」

「え。えーと……俺、こう見えて、意外と子ども好きだからさっ！」

「あー……うん。そういう性癖も分かるけどさぁ。実際に手ぇ出したら、さすがにしょっ引かれるかんね？」

「違うから。ロリ的な意味の、好きじゃないから」

「じょーだんだってぇ」

そんな軽口を叩いて、二原さんはけらけら笑う。

そして、子どもたちに呼ばれるままに、園庭の方へ行ってしまった。

「……よしっ。俺も、頑張んなきゃな」

そろそろ、イベントの入場がはじまったくらいかな。

マサの奴、昨日から死ぬほどはしゃいでたなぁ。羨ましい、マジで。

でもまぁ――これ以上、考えても仕方ない。

俺は純白のエプロンを、黒のTシャツの上につけた。

そして取りあえず、近くにいた男の子に話し掛けてみる。

「こんにちは、何やってんの？」

「………………」

男の子が、すごい不安そうな目で、こちらを見ている。

俺も、どうするのが正解か分からず、じっと見ている。

無言で見つめ合う、幼児と十六歳児。

「もー、佐方。なーにやってんのさぁ」

そんな俺を見かねたのか、二原さんが入ってきた。

「よっしゃ。んじゃ、お姉ちゃんがコスモミラクルマンね？　で、君はそっちの宇宙人」

「やだ！　ぼくが、コスモミラクルマン！」

「おっけ、おっけ。んじゃ、うちはそっちの宇宙人もらうねー……ふぉっふぉっふぉっ」

いとも容易く、男の子の心を開いてみせる二原さん。

そして、テンション高く宇宙人を演じつつ、男の子とフィギュアで戦いごっこをする。

ああ……郷崎先生の言うことも、一理あるかもな。

こういうとき、俺――どうしていいか分からないもの。

「おにちゃん」

そうしてぼんやりしてると、俺のエプロンの裾をくいっと、女の子が引っ張った。

意を決してしゃがみ込み、俺は女の子と視線の位置を合わせる。

「なぁに？」

「んとね。たかいたかい」

「えーと、高い高い、してほしいの？」

「ん！　おにちゃん、おっきいから‼」

要望に応えて、俺は女の子を肩車したまま立ち上がる。

「わー、たかいー‼」

きゃっきゃっと、背中にしがみついた女の子が、大はしゃぎしてる。

そんな無邪気さが微笑ましくって、俺はくるくると回ってみせた。

「わー。まーわーるー‼」

「おー。楽しそうだねぇ、お兄ちゃんでっかいもんねぇ」

そんな様子をニコニコと眺めながら、二原さんが近づいてくる。

「ほら、みんなー。こっちのお兄ちゃんが、めっちゃ遊んでくれんよー」

「ほんとー⁉」

「わーい‼」

二原さんの言葉を合図に、たくさんの園児たちが俺に群がってくる。

脚にしがみついてきたり、腰元に飛び掛かってきたり。

いてっ、いきなりパンチしてきたぞ？

ちょっ、木の棒はやめろって⁉

「あっはっは……佐方ってば、めっちゃ子どもに懐かれてんねー‼」

「二原さんが、変に煽ったからでしょ」

「良いお父さん、って感じぃ。やるじゃん、佐方！」

お父さんは、さすがに早いよ。

でも……夫としては。

全力で嫁のサポートをしてみせるけどな。絶対に。

◆

おやつの時間が終わり。

少しずつ、お迎えのお母さんたちに連れられて、園児たちが帰っていく。

帰り際に、満面の笑みで手を振ってくる子どもたちもいた。

手を振り返す俺は多分、自然と笑顔になってたと思う。

「佐方、おっつー」

二原さんがポンッと、俺の肩を叩いてくる。

「案外、楽しそうにやってたね。こういうの得意な感じ？」

「得意じゃないよ……我の強い妹の相手は、昔からやってるけど」

「うちはめっちゃ楽しかった！　子どもって無邪気で、すっごい可愛いし‼」

「確かに二原さん、子どもの相手するの、うまかったよね」

「うちは子どもだけじゃなくてぇ……男子の心を転がすのも、うまいんだけどね？」

そう嘯いて、二原さんは上目遣いにこちらを見てきた。

長すぎるまつ毛に彩られた瞳の輝きに、俺は堪らず目を逸らす。

「あははっ、照れてるー。ウケるね、佐方ぁ」

「……はいはい」

「二原さん、佐方くん。そろそろあがっていいわよ」

朝の保育士さんが、俺と二原さんを見つけると、声を掛けてきた。

「今日はごめんね？　熱子に、無理やり頼まれたんじゃない？」

「え……あ、えっと……」

「熱子――郷崎先生は、大学の後輩なんだけどね。あの子、思い込んだら誰が何言っても聞かないでしょ？　今回も『先輩の手伝いをさせることで、情操教育を‼』とか言って、勝手に暴走しちゃって」

ああ。そういう話だったのか。

普段の郷崎先生を知ってたら、まぁ納得の流れだけど。

「熱子は、熱血で人の話を聞かない、困ったちゃんなんだけどね。でも、誰より自分の生徒のことを大切に思ってる、優しい子なのよ。ありがた迷惑なことも多いだろうけど」

「分かります、それー。ちょっと変キャラっすけど、うちは割と嫌いじゃないんすよね。郷崎先生」

二原さんが屈託のない笑顔を、保育士さんに向ける。

その反応に安堵したように、保育士さんも微笑んだ。

そうやって、俺たちがやり取りしていると。

「……うぇ」

「うぇ……うう……うわあああああんっ‼」

男の子の泣き声が、辺り一帯に響き渡った。

それはさっき、コスモミラクルマンのフィギュアで、二原さんと遊んでいた男の子。

遊んでるときはあんなに笑顔だったのに、今は涙で顔をぐしゃぐしゃにしてる。

「え、どったの？　だいじょぶ？」

二原さんが慌てて駆け寄る。

「ママが、こない……」

「たっくんのお母さんは……あと一時間で来る予定よ。もうちょっとね」

「やだー！　かえるー‼　みんな、かえってるー‼」

保育士さんがなだめても、一度泣き出した子どもが、泣きやむ気配はない。

声を掛ければ掛けるほどヒートアップして、ぎゃーぎゃーと騒ぎ続ける。

「あっちゃあ……どうしよ」

さすがの二原さんも、こういうときの対応には慣れてないらしい。

俺はというと、完全に棒立ちになって、何もできずにいる。

こんなとき、どんな顔したらいいのか、分からない……。


「――泣かなくて、大丈夫」


ふわっと。

俺の鼻先を、揺れるポニーテールがくすぐった。

眼鏡の下の鋭い目つきを緩ませて、ひょこっとその場にしゃがみ込むと。

彼女は――綿苗結花は、男の子の頭を撫(な)でた。

「ママは、必ず来る。あなたが大好きだから、絶対に来るの」

「……でも、まだこないよ？」

「少し遊んでいたら、来るわ。はい」

結花はにっこり笑うと、地面に落ちたコスモミラクルマンのフィギュアを、男の子に渡した。

「正義の味方は、ピンチの連続でも頑張るの。君も、できる？」

「……うん。できる」

「そっか、格好良いね。ヒーローだ」

よしよしと結花に撫でられて、男の子は再び笑顔になった。

「綿苗さん、なんでここに？」

二原さんがぽかんとした顔で、結花のことを見る。

「もともと、私が頼まれた仕事だもの。用事が終わったから、来たの」

「そっか」

「どうもありがとうね、助かっちゃった」

保育士さんが両手を合わせて、結花にお礼を伝えた。

結花はぺこりと頭を下げて、脚にしがみついてる男の子の頭を撫で続ける。

「この子が帰るまで、いてもいいですか？　私が帰ったら、不安になるかもなので」

「それはもちろん助かるけど……大丈夫なの？」

「はい」

「あ、じゃあ俺も残ります！」

俺は慌てて手を挙げて、保育士さんにアピールする。

「二原さんは？」

結花がいつもの無表情で、問い掛けた。

二原さんはじっと、結花の顔を眺めてから。

「……実はうち、今から用事があるんだ。ごめんけど、二人にお願いしていーい？」

「ええ」

「じゃあ、たっくん。お姉ちゃんたちに、いっぱい遊んでもらいなねー」

「うん！　おねちゃんも、ありがとございましたー」

「はいはい、どういたしましてー。今度は、コスモミラクルセブンで遊ぼっか？」

「うん。あと、かえっちゃったコスモミラクルマン！」

そんな会話を交わしてから、二原さんは自分のエプロンを脱いだ。

そしてそれを、すっと結花に差し出して。

「ほい。持ってきてないっしょ？」

「あ……ありがとう」

「お礼は今度、またカラオケ行くってことでー」

一方的にそんな約束をすると、二原さんは俺たちに手を振りながら帰っていった。

保育士さんも他の仕事があるのか、園内に戻っていく。

園庭に残されたのは、男の子と、俺と……結花。

「……結花。えっと」

なんでここに？

そう聞こうとする俺を遮って、結花は――はにかむようにして、笑った。

「えへへ……早く遊くんに会いたくて、来ちゃった」

その笑顔は、学校の綿苗結花じゃなくて。

我が家の無邪気な許嫁（いいなずけ）――結花のものだった。

第21話　【超絶朗報】俺の許嫁、可愛いしかない

「おねちゃんー。コスモミラクルダイナマイトー」

男の子はキリッと眉を吊り上げると、てこてこ結花に向かって走っていった。

そして、ぶつかると。

「どーん！」

「うわぁ、やられたぁ」

結花がわざと、地面に転んでみせる。

それを見て、男の子は嬉しそうに両手をあげて喜ぶ。

なんていうか……和むなぁ。

眼鏡にポニーテールという、『綿苗結花』の格好にもかかわらず、結花の表情は学校と違って柔らかい。相手が子どもだからかな。

――――学校での綿苗結花。ゆうなちゃんを演じる和泉ゆうな。そして、家での結花。

色んな顔があるけど、子どもと戯れている結花は……また違う顔。

どれが嘘とか、どれが本当とかじゃなくって。

色んな結花がいて、その全部が結花なんだよな。

多分きっと、俺にも色んな顔があるんだろう。

そういうのを、全部ひっくるめて――俺も『佐方遊一』なんだと思う。

「よーし……今度はお兄ちゃんに、やってみよっか？」

「うん。コスモミラクルダイナマイト！」

男の子は、そこだけ流暢に発音すると。

俺に向かって、てこてこと駆けてくる。

そして、俺の腰元にタックルしてきたから。

「ぐわあああ、やーらーれーたー!!」

派手な声を上げて、俺は地面をごろごろと転がってみせた。

我ながら迫真の演技。

これで、子どもの心をがっちりキャッチ――。

――――ゴンッ！

「いってぇぇぇ!?」

「ちょっ、遊く――佐方くん!?　大丈夫？」

調子に乗った結果、俺は大樹の根っこに、したたかに頭をぶつけた。

「もー……やりすぎ」

「面目ない……」

座り込んだまま頭を押さえる俺のそばに駆け寄って、結花はため息を吐く。

そんな俺たち二人を、じーっと見つめる男の子。

「おねちゃんと、おにちゃん。けっこんしてるの？」

「えっ⁉」

「な、何を言ってるのかなぁ⁉」

「だって、なかよしさんだよ？」

あたふたする俺と結花を、幼児さんの純粋な瞳が見つめている。

いや、確かに結婚に近い関係なんだけどさ。

それはみんなにバレちゃ駄目なやつっていうか、秘密の関係っていうか……。

「たっくーん！」

「あ、ママ‼」

俺たちがなんとも返答できずに黙り込んでると。

男の子のお母さんらしい人が、慌てて駆け寄ってきた。

瞬間——男の子の顔が、ぱぁっと明るくなる。

お母さんは男の子をギュッと抱き締めると、その頭をぐしゃぐしゃと撫でた。

「ごめんね、お仕事で遅くなっちゃって」

「ううん。おにちゃんたちが、あそんでくれたー！」

「まぁ、そうなんですか！　ありがとうございます、うちの子と遊んでくれて」

お母さんはぺこぺこと頭を下げながら、俺たちにお礼を言ってくれた。

隣でお母さんの真似をして、男の子もぺこぺこしてる。

なんとも微笑ましい、家族の光景。

「よかったね。ママが来てくれて」

「うん！」

結花が目を細めて笑う。

その穏やかな表情を見ていると――なんだか俺まで、温かい気持ちになった。

◆

男の子が帰ったあと、俺たちは保育士さんにお礼を言って、保育園を後にした。

「ありがとう、結花。イベント帰りなのに、わざわざ来てくれて」

「ううん、こっちこそだよ！　遊くんが代わってくれたおかげで、ちゃんとイベントに出られたんだから」

夕方の街中なので、俺と結花は一定の距離を取っている。

手と手が触れないくらいの、ちょっとした隙間。

まるで他人みたいに振る舞ってる自分たちが、なんだか笑えてくる。

「それにしても、子どもと遊んでる遊くん……可愛かったなぁー!!」

大きく両手を伸ばして、結花が当たり前みたいに言う。

「ん？　俺が可愛い？　子どもが可愛いの間違いじゃない？」

「子どもは可愛い。遊くんも可愛い。それが世界の真理だよ！」

「俺、高二の男なんだけど……」

「格好良くて、可愛くて。そんなところが、遊くんの魅力なの！」

こんなむさ苦しい男の、どこが可愛いんだか。

結花の好みは、変わってるな。

「ああやってさ。私と遊くんで、子どもと戯れてるとさぁ……ねぇ？」

「いや。ねぇ、って言われても」

「分かんないかなぁ？　分かんないんだなぁ」

「ごめん、全然分かんない」

結花が一人でもじもじしてるけど、何も伝わってこなくて困る。

完全にきょとんとしてる俺に痺れを切らしたのか、結花が正面に回り込んできた。

そして俯きながら、ぽそっと。

「だーかーらー……ども、みたいじゃんよぉ」

「え、何？　聞こえな――」

「もぉ、ばかっ！　二人の子どもみたいじゃん、って‼　言ってんの！」

今度は一際大きな声で、結花が叫んだもんだから。

バサバサッと――木の上からカラスが飛び立った。

春の風が、二人の間を吹き抜ける。

「う……あぅ……」

目の前にいる結花の頬が赤いのは、多分……夕焼けのせいだけじゃない。

「結花」

「ひゃ、ひゃい！」

名前を呼んだだけで、ビクッとする結花。

なんとも表情豊かで。

色んな顔を持っていて。

まったく——見てて飽きないよなって、そう思う。

「イベントは、どうだった？」

「え？」

「はい。ゆうなちゃんの、イベントレポ風で」

「えぇ!? ハードル高いなぁ、もぉ……」

結花は顔をしかめつつ、大きく息を吸い込んだ。

そして——『和泉ゆうな』にチェンジして。

「こんばんはっ、ゆうなです！ なんと今日は、アリステのイベントにお邪魔しちゃった！ もー、いっぱいのアリスアイドルに囲まれて……緊張したぁっ!!」

見た目は綿苗結花なのに、声と表情はゆうなちゃん。

そんなギャップがおかしくて——俺は思わず、笑ってしまう。

「トークも頑張ったんだよ？ でもさ、なーんかみんなが天然扱いしてきて……えーって感じだよ、もぉ!! ゆうなは、めっちゃ大人！ おばかキャラじゃないんだからっ！」

「天然な子ほど、自分を天然って認めないよね」

「何それー、もー‼　……で。肝心なのがラスト‼　なんと、特別な衣装を用意してもらって……歌っちゃった、歌っちゃったよぉ！　大きい会場で歌うのって、緊張するけど……えへへっ。かーなーり、気持ちいいねっ‼」

ゆうなちゃんの歌声を思い出して、俺は穏やかな気持ちになる。

普段の声も好きだけど、歌声の方も大好きだ。

「……でもね、『恋する死神』さん」

ふっと、声のトーンが落ちた。

そして、俺に背を向けて……空を仰ぐ。

「あなたがいなくて……ちょっとだけ、心細かったな。だってゆうなはいつだって、あなたに元気と勇気をもらってたから。だから、ちゃんと輝けるかなぁって――不安だった」

「……そんなこと、ないよ」

俺は――『恋する死神』は、そんなたいそうな存在じゃない。

ゆうなちゃんはいつだって、自分で輝いてるよ。

その輝きに、俺の方こそ……勇気をもらってるんだ。

「――はいっ！　イベントレポ、おーわりっ‼」

パンッと、結花が手を打ち鳴らして。

くるりと俺の方へと向き直った。

「『恋する死神』さん――ううん、遊くん。どうだった？」

「ん？　そりゃあ、行きたかったなぁって」

マサがさっきから「ゆうな姫可愛かった……」「俺の嫁かも……」ってＲＩＮＥを連打してきてて、正直死ぬほどウザいし悔しい。

「そう、残念だよねっ⁉　私も残念‼　こんなに残念なことがあって、いいんでしょうか？　いーや、良くないですっ‼」

ものすごいテンションで、結花が捲し立ててきた。

そして結花は、ふっと表情を変える。

見るものすべてを圧倒する――ゆうなちゃんの無敵のスマイルに。

「じゃあ、遊くん。これからその残念……解消しよっか？」

◆

家に着いてから、一時間くらい経ったかな。

俺はリビングのソファに腰掛けて、ボーッと天井を見上げてる。

「ちょっと待っててね！　絶対、ここから動いちゃ駄目だよ‼」

そんな念押しをしてから、そそくさと自室に消えていった結花。

まったく、思いついたら聞かないんだから、結花は。

一体何を企んでるんだか知らないけど、「残念を解消」って言われてもなぁ。

ゆうなちゃん出演イベントを見損ねた俺の心の空洞が、そんな簡単に埋まるとは思えないんだけど。


「遊くん。ちょっと、テーブルをどかしてくれるー？」

リビングと廊下を隔てるドアの向こうから、結花が言ってきた。

「えっと、結花？　何するの？」

尋ねるけど、それには返答なし。

よく分からないまま、俺はテーブルを壁にくっつける。

ついでに椅子とか、床に置いてあったものも、端の方へと寄せた。

ソファの前にできた、少し広めのスペース。

「えっと、一応どかしたけど……これでいいの？」

「――うん！　ありがとねっ‼」


透き通るような声でそう言って、リビングに躍り出てきたのは。

結花じゃない。

紛れもなく――ゆうなちゃんだった。


白いレースで彩られた、ピンクのワンピースドレス。

左の腰元には、黄色い大きなリボン。

黒のサイハイソックスとスカートの間には、色白な太ももの絶対領域。

コンタクトレンズを入れた瞳は、ぱっちりと大きくて。

茶色いツインテールは、まるで生きてるみたいに揺れている。

「……ゆうなちゃん」

「こんばんはっ、『恋する死神』さん——遊くん！　今日は——ゆうなの特別ステージに来てくれて、すっごく嬉しいよっ‼」

特別ステージ？

何が起きてるのか理解できない俺の前で、ゆうなちゃんがスマホを操作する。

そして、床に置いたスマホから流れ出したのは——『ラブアイドルドリーム！　アリスステージ☆』のテーマソング。

その、オフボーカルバージョン。

「さぁ——ショータイムだよっ！」

バックミュージックに合わせて、ゆうなちゃんが歌いはじめる。

心臓のずっと奥の方まで響くような、澄み渡った声。

ゆうなちゃんがステップを踏む。両手を振るう。

蝶が舞うみたいに、華麗で可愛いダンス。

ゆうなちゃんが笑う。

きっと、ステージでも見せないような。

俺にだけ向けた……そんな笑顔で。


そして、音楽が終わると。

ゆうなちゃんは、ぺこりと大きくおじぎをした。

「……以上、ゆうなの特別ステージでしたっ！　限定であなただけ、ご招待。音響とか照明とか、そういうのは全然だけど……精一杯、頑張ったよっ‼」

顔を上げたゆうなちゃんは、ひまわりみたいに笑ってた。

いや、この笑顔は――結花か？

いやいや、二次元のゆうなちゃん？

綿苗結花。和泉ゆうな。『アリステ』のゆうな。

頭の中でぐるぐると、それらの顔が回っていって、混ざっていって。

もう――自分でもよく分かんないな。

「どう、遊くん？　残念な気持ち、吹っ飛んだ？」

「……ううん、全然」

「えっ⁉」

俺がきっぱり言うと、結花は心底びっくりした顔をした。

「だって俺は、『恋する死神』だよ？　ゆうなちゃんの一番のファン。そんな『死神』がゆうなちゃんのファーストイベントを見逃したなんて……そりゃあ一生、後悔するって」

「う……そっかぁ。いいこと思いついたと、思ったんだけどなぁ」

がっくりとうな垂れる結花。

そんな結花を――ギュッと。

俺は、強く抱き締めた。

「ふぇ⁉　ゆ、遊くん⁉　ち、ちかっ‼」

「今から言うのは、俺――『恋する死神』から。大好きな『ゆうなちゃん』に送る言葉だから。ゆうなちゃんに、だからね」

自分に言い聞かせるように、そう告げて。

俺はじっと、結花の顔を覗き込んだ。

潤んだ瞳。真っ赤に染まった頰。ピンク色の唇。

なんだろう、この気持ち……。

ずっと昔に閉じ込めた、心臓が張り裂けそうなほどの変な感覚が、湧き上がってくる。

そんな気持ちを、空気と一緒に呑み込んで。

「イベントを観れなかったのは、一生残念だけど。こうして、特別ステージをやってくれたことは……一生、忘れないから」

「……うん」

「ありがとう。愛してる——世界一、大好きだよ」

最後の方は、堪えられなくって、目を逸らしてしまった。

だって、結花のことを見ていたら——誰に向かって言ってるんだか、分からなくなりそうだったから。

そして俺は、結花から身体を離そうとして——。

「……ん？」

結花が「意地でも離すもんか」って顔をして、こっちを見ているのに気が付いた。

「えっと……結花さん？」

「足りないもん」

「何が？」

「今のは『恋する死神』さんから、ゆうなへのコメントでしょ？　私は、遊くんから私へのコメントも、聞きたいんですけどー」

「それ、やんなきゃだめ？」

「だめです」

「もう……わがままだな」

「そんな私を許嫁にしたのは、そっちじゃんよ」

まったく……こういうところだけ、頑固なんだから。

「はぁ……一回だけ。ほんっとうに一回しか、言わないからね絶対。分かった？」

「ん、分かったっ！」


そうして、子犬みたいに俺の一言を待つ結花。

うわっ、めっちゃ身体が熱くなってきた。

とてもじゃないけど、顔を見てられないから、俺は目を瞑って。

声を振り絞り――言った。


「結花。えっと……あ、愛してる……よ」

瞬間――唇に。
柔らかくて温かいものが、触れた気がした。
オレンジのような甘い香りが、俺の鼻腔(びこう)をくすぐる。
「――――!?」
驚いて、目を開けると……結花はパッと、俺から身を離した。
そして、リンゴみたいに赤い顔をしたまま、ベーッと舌を出して笑う。

その笑顔は、ゆうなちゃんみたいで。
だけど、紛れもなく結花の笑顔で。
全部ひっくるめて――俺の心をキュッと、摑(つか)んだんだ。

「――私も。世界で一番、愛してるよ……遊くん！」

☆恋する死神さんへ☆

そんな女の子でした。
仲良しな友達と、アニメやマンガの話をずっとしてるような。
どちらかというと、『よく喋(しゃべ)るオタク』でした。
——中学生の頃の私は。

そういうのが、目立ったからなのかな。分かんないけど。
中二の夏頃から——クラスの目立つ女子に、ちょっかいを出されるようになりました。
最初は我慢してたんだけど。
仲良しな友達も、巻き込まれないように、話し掛けてこなくなっちゃって。
プツッて——なんか糸が、切れちゃって。
私は中二の冬から、不登校になりました。

学校に行くのは、とにかく怖かった。

だから家にこもって、ラノベを読んで、マンガを読んで、アニメを観て。

現実じゃないどこかに、元気をもらおうって、求めてました。

そうして過ごしてるうちに――私は段々と、『そういう世界』を自分で作れたらなぁって、思うようになりました。

だけど、私には文才がない。絵心もない。

あ、でも……すっごい小さい頃だけど。

『声』を褒められたことだけは、あったなぁって……思い出したんです。


昔から私は、思い立ったらすぐ行動しちゃうところがあって。

不登校なのに、なんか「これだけはやらなきゃ！」って思って。

新幹線に飛び乗って、地元から東京まで出て。

『ラブアイドルドリーム！　アリスステージ☆』のオーディションに、参加したんです。

まさか――合格するとは、夢にも思ってなかったけど。


「こんにちは。今日からよろしくね」

初めて事務所に行ったとき。

掘田さんは優しく挨拶してくれたけど、緊張しちゃって黙ってぺこぺこおじぎばっかりしてたなぁ。ごめんなさい。

中学を卒業してから、上京して一人暮らしをはじめて。

私は声優『和泉ゆうな』になりました。

一応、高校にも通ってるけど。

そっちはなんだろ……やっぱり緊張しちゃって、うまく人と話せないんだよね。

声優をやってるときは、なぜだか喋れるんだけどな。

そっちはそっちで、ちょっと喋り過ぎちゃって、よくないんだけど。

そして私は、『ゆうな』になりました。

和泉ゆうなとして、ゆうなに命を吹き込んだ、初めてのセリフ。

『ゆうながずーっと、そばにいるよ！　だーかーら……一緒に笑お？』

たった一言なのに、なんかうまくいかなくって。

音響さんにも呆れられて。

めちゃくちゃ凹みました。

声優になれば、生まれ変われるって思ったんだけどな。

結局、何やっても私だめじゃん。
そう思って……誰もいないワンルームの部屋で、落ち込む毎日でした。

それから、しばらくしてのことです。
マネージャーさんに、「ファンから手紙が来てるよ」って言われたのは。
ファン？　まだちょっとしか声を当ててないのに？
ゆうなの人気、めちゃくちゃ低いのに？
絶対に、いたずらファンレターなんだろうなって、思いつつ。
私は、その手紙を——読んだんです。

■恋する死神より■
ゆうなちゃん、初めまして。あなたが楽しそうな声で笑った瞬間——落ち込んでいた僕は、元気をもらえました。また、世界に飛び出すことができました。ありがとう、ゆうなちゃん。あなたのことが、大好きです。これからも、ずっとずっと、応援してます。

——それからの私は。

『恋する死神』さんの言葉を糧に、全力で頑張ってきました。
まだまだ、ひよっこな私だけど。
そんな私でも、誰かを笑顔にできるって……分かったから。
だから、お父さんが『縁談』の話を持ってきたときは、正直ムカつきました。
こんな大事な時期に、何を考えてんだって。
絶対に、断ってやるんだって。
そう――思ってたんだけどな。

…………遊くん。
あなたは知り合う前から、私のことを支えてくれました。
今度は私が、あなたを支えられるようになりたいです。
あなたのお嫁さんとして――あなたが、いつでも笑顔でいられるように。
私、これからも頑張るからねっ！
だから、どうか……あなたのそばに、ずっとずっといれたら、嬉しいです！

☆和泉ゆうな　ゆうな　綿苗結花　より☆

あとがき

【朗報】氷高悠、久しぶりにファンタジア文庫から出版!!

……というわけで。

皆さま、初めまして。もしくは、大変ご無沙汰しております。氷高悠です。

『今すぐ辞めたいアルスマギカ』『テンプレ展開のせいで、おれのラブコメが鬼畜難易度』『せきゆちゃん（嫁）』――これまで三作品を、ファンタジア文庫にてお届けして参りました。

四作目になる今回の『【朗報】俺の許嫁になった地味子、家では可愛いしかない。』は、これまで以上にラブコメの『ラブ』を詰め込んだ作品となっております。

ついつい『コメ』を書きがちなのは、ご愛敬。

過去三作品のメインヒロインに比べて、綿苗結花は控えめで地味な女の子です。

ただし、それは学校での話。

家に帰ると、打って変わって天真爛漫(てんしんらんまん)で、主人公・佐方遊一(さかたゆういち)のことが好きすぎる、可愛い許嫁に早変わり！

しかも、結花は遊一の愛する『ゆうな』でもあって。

――――そんな、万華鏡(まんげきょう)のようにくるくる変わる結花という少女の魅力を、たっぷり詰め込んだ一作となっております。

この本を読んでくださった皆さまに、少しでも癒やしがお届けできればと思います。

また、既に発売されている『ドラゴンマガジン二〇二一年三月号』にも特集が載っておりますので、併せてご覧いただけるとありがたいです！

それでは謝辞になります。

新担当Tさま。今回がタッグでの初作品ですが、迅速な対応で素晴らしい装丁に仕上げてくださり、本当に感謝しております。今後ともどうぞ、よろしくお願いします！

たん旦(たん)さま。たくさんの美麗なイラストで本作に彩(いろど)りを加えてくださり、誠にありがとうございます。めまぐるしく変わる結花の様々な顔を、イメージ以上のものに仕上げてくださって、心より嬉(うれ)しく思います!!

本作の出版・発売に関わってくださったすべての皆さま。

創作関係で繋がりのある皆さま。

友人・先輩・後輩諸氏。そして、家族。

皆さまに支えられながら、刺激を受けながら、こうしてまたひとつ、作品を世に送り出すことができました。


本作の連載を『カクヨム』及び『小説家になろう』で開始した頃……自分は作家人生で最大のスランプに陥っていました。

書けなくて、焦って。もう駄目かも、と落ち込んで。それでも、やっぱり物語を紡ぎたいと書き続けて——そんな本作が、こうして一冊の本になったことは、言葉にならないほどの喜びです。

読者の皆さま、この本を手に取ってくださり、本当にありがとうございました。

どうか皆さまが毎日を、笑顔で過ごすことができますように。

『ゆうながずーっと、そばにいるよ！　だーかーら……一緒に笑お？』

氷高　悠

お便りはこちらまで

〒一〇二−八一七七
ファンタジア文庫編集部気付
氷高悠（様）宛
たん旦（様）宛

【朗報(ろうほう)】俺(おれ)の許嫁(いいなずけ)になった地味子(じみこ)、家(いえ)では可愛(かわい)いしかない。

令和３年２月20日　初版発行
令和３年４月20日　３版発行

著者――氷高(ひだか) 悠(ゆう)

発行者――青柳昌行
発　行――株式会社KADOKAWA
〒102-8177
東京都千代田区富士見2-13-3
0570-002-301（ナビダイヤル）
印刷所――株式会社暁印刷
製本所――株式会社ビルディング・ブックセンター

ISBN978-4-04-073996-0　C0193　◇◇◇